GAEA

GAEA

恐怖競賽

星子——著

Tales of Mystery 5

詭語怪談系列

恐怖競賽

目錄

鬼降

印象中降頭這個題材應當算得上是鬼怪創作裡的大宗才對，但仔細想想，降頭類的電影、小說卻也屈指可數，有些奇怪。

很多年前我曾經在一部長篇奇幻小說裡寫過關於降頭的片段章節，那是敘述一個邪惡而悲哀的老降頭師的故事，雖說是片段，卻也有六萬多字。還記得當時爲了蒐集降頭相關資料，可花了一番心思，因爲降頭相關資料在一般圖書館、書店裡並不容易找得到，網路上的資料條目雖多，但也都大同小異。

這兩年泰國鬼片興盛，又再次點燃了我心中對降頭的那份好奇和興趣，也因此再一次選擇挑戰「降頭」這個神祕的題材。

01 奇異的爭執

夏夜裡的十一點二十分，小穎倚在窗邊看著窗外夜色，颱風剛過兩天，窗外飄著雨，她抬頭望著絲絲雨點從很高的地方向下墜落，在鄰近燈光的照映下閃閃爍亮。

小穎深深呼吸，雨夜的空氣聞起來格外清涼，房間裡瀰漫著濃厚的新家氣味，她和她的媽媽、姊姊、小妹搬來這棟社區大樓還不到兩個月，她尚未習慣新鄰居和新的通勤路線，所幸現在正值暑假，她有充分的時間好好熟悉一下周遭環境。

此時房間裡除了她，還有小她四歲、開學後升五年級的妹妹莉莉，莉莉在一週前不知怎地發起高燒，看了兩次醫生，吃了好幾天的藥，昨天開始病情似乎有好轉些，現在正昏昏沉沉地睡著。

小穎倒是睡不著，自從搬入新家之後，她總是睡不好，她覺得房間雖然又新又大又漂亮，但總是少了點什麼——少了她那即將升大一的姊姊樂婷。

其實樂婷就在她們隔壁房而已，這時應當也還沒睡，大概一面上網，一面對著鏡子打扮自己。

小穎可不習慣這樣的姊姊，她懷念起在舊家時，三姊妹窩在小小的房裡擠成一堆，看著電腦螢幕裡的鬼片直打哆嗦，莉莉總會擠在她和姊姊之間，懷中抱著一隻熊，那時候媽媽通常會在十一點左右帶著宵夜返家，看完鬼片的三姊妹便會心滿意足地出房吃宵夜。

但搬入新家之後，媽媽更加忙碌了，常常得在新開張的精品分店裡忙到凌晨一兩點才能回家，小穎當然不會因此而埋怨媽媽何芹。莉莉出生那年，她們的爸爸被公司調往海外，三年之後，她們的爸爸在那兒建立了第二個家庭，何芹也和她們的爸爸完成了離婚手續。

小穎和莉莉只能從姊姊樂婷口中大略拼湊出爸爸的模糊身影，她們是個典型的單親家庭，媽媽何芹有著大多數男人都比不上的堅毅，咬著牙扛起了這四口之家，從三年前開始她們家境慢慢好轉，何芹經營的精品服飾店生意蒸蒸日上，最近還開了間分店，同時她們也從原本的老舊公寓搬到了高貴寧靜的社區大廈，何芹開始必須在原本的店面和分店之間往返奔波，忙碌到了極點。

小穎打開窗，連紗窗也一併打開，她伸出手去觸摸那些雨點，這個年紀的她除了讀書和偶爾與同學吃個速食、閒聊些明星漫畫的八卦瑣事以外，再也沒有特別令她注意的事，自然也沒有什麼煩惱，妹妹莉莉更是如此，姊姊樂婷——之前也是如此。

大約在兩週前，樂婷和網路上一個網友聊得特別開心，她從未見過姊姊這麼樣地開心，她和妹妹見過那位網友的照片，是個二十來歲的大男孩，高䠷帥氣，姊姊也因此不再和她們窩在一起看鬼片，而是把更多更多的時間，花在那位「思賢哥」身上。他們先是通信，然後開始M

SN。

小穎並不討厭搶走了姊姊的思賢哥，畢竟她也看過許多少女漫畫、浪漫日韓劇，她能夠理解姊姊此時的心情，就算不能理解，也可以試著想像，她只是不習慣少了姊姊的新房間而已。

她覺得有些無聊，她還是全無倦意、睡不著，暑假的大孩子、小孩子都是如此，前一晚玩瘋了頭，隔天睡到中午過後，晚上當然睡不著，小穎也是一樣，她想要去和樂婷說點話，但得先找個好理由——樂婷並不喜歡在和思賢談天說地的時候被人打擾。

小穎開了門，望著廊道牆上那盞小壁燈，心想倘若姊姊不理她，她也可以去客廳看電視看到凌晨兩點，或許那時媽媽便會返家，也或許不會。

然而她沒去客廳也沒去姊姊房間，而是回頭，她聽見身後傳來了一陣吸哩嘛嚕的咀嚼聲響，她理所當然地望向妹妹莉莉。

莉莉的眼睛微張，嘴巴緩緩動著，像是在吃嚼什麼一般。小穎來到了莉莉床邊，低頭看了半晌，推了推莉莉的肩，問：「喂喂，妳在作夢嗎？」

莉莉沒有回應，甚至沒有醒，她仍然維持著夢遊似的神情，嘴巴不停咀嚼。小穎呆了半秒，嘻嘻一笑，她找著了打擾姊姊的好理由，她要將莉莉作了個貪吃夢的事情告訴姊姊。

她大步走出房，來到隔壁姊姊房門外，胡亂敲了兩下門，便將門推開。

「喂！」樂婷坐在電腦桌前，讓小穎推門闖入的聲響嚇了一跳，她有些不悅地說：「我不是跟妳說進別人房間要先敲門嗎？」

「我有敲啊！」小穎辯解，她來到姊姊樂婷身旁，見到樂婷的ＭＳＮ對話對象正是思賢哥，在一堆開啓的視窗中有幾張思賢傳來的新照片，有些是他和朋友的合照，或是和車子的合照；又同時，另一個資料夾裡則是姊姊的手機自拍照片，一百幾十張照片幾乎都是同一個角度──居高臨下的俯視角度，據說這個角度可以使得照片中的女孩增艷百分之二十到三十，最頂尖的自拍好手，甚至可以捕捉到比本人美麗百分之三百至四百的照片，這也是樂婷不厭其煩地拍著照片的原因，她想要挑出一張或是數張最美的照片回傳給思賢。

「妳要等我回答『進來』，妳才可以進來啊，不然敲門就沒有意義了啦！」樂婷正經地說，她見到小穎似乎沒聽她說話，而是望著她的自拍照竊笑，不由得有些羞惱，趕緊將資料夾、照片視窗一一關上，再次叮囑說：「不要偷看人家的電腦啦，這是我的隱私耶。等妳再過兩年，妳也會有不想讓人看的東西，知道嗎？」

「喔。」小穎點點頭，她對樂婷說：「妳過來看，莉莉很好笑耶。」她一面說一面拉著樂婷離座起身，往自己房間去。

「莉莉怎麼了？」樂婷跟著小穎來到莉莉的床旁，看著側頭閉眼的莉莉睡得一臉安然。

「呃，她剛剛……她剛剛作夢，嘴巴動來動去像是在吃東西啦，好好笑。」小穎比手劃腳地解釋著。

「沒有啊，妳快睡覺啦。」樂婷意興闌珊地轉身回房。

「哼……妳自己也沒睡啊。」小穎望著姊姊離去的背影，嘟著嘴應話，她回頭看了看莉莉，伸手探了探莉莉的額頭，仍然有些發燙，她心想或許莉莉接連幾天生病沒胃口吃東西，所以才作了個吃東西的夢。

小穎躺上床，她也沒興致去客廳看電視了，她望著天花板半晌，終於有了些睏意，就在她要進入夢鄉時，卻又突然清醒了過來，她望著天花板發呆，是什麼讓她醒來的呢？是聲音，是莉莉叫她的聲音。

兩姊妹的床平行擺著，相距約莫一公尺半，小穎撇過頭，見到莉莉也將臉對著她。莉莉的眼睛睜著，在窗外燈光照映下，小穎依稀可見到莉莉眼眶中噙著淚水。

小穎尚未反應過來，便見到莉莉的嘴巴又動了起來，發出了呢喃的聲音。

「姊姊……救我……」

「莉莉！」小穎跳下床，奔至莉莉床旁蹲下，摸摸她的臉，問：「妳說什麼？怎麼了？」

莉莉卻不再答話，腦袋一撇，朝向天花板，渾身僵直發硬，嘴巴先是張得好大，跟著閉起，再跟著，又像剛剛那樣，咀嚼起來。

「莉莉……莉莉！」小穎搖了搖莉莉的身子，卻搖不醒莉莉，她感到莉莉的身子不停地顫抖，她尖聲呼叫了起來：「大姊——妳快來！」

樂婷在小穎尖叫的十秒內趕來，見到小穎跪在莉莉床旁，也有些驚訝，趕緊上前問：「怎麼了？」

「莉莉……莉莉她……」小穎拍了拍莉莉的臉，但她已經感覺不到莉莉身上發出的那種顫抖了，她望著莉莉，莉莉的嘴巴也不再咀嚼。小穎不知該做何解釋，只好大力推了推莉莉的肩，喚著：「莉莉、莉莉，快起來！」

「妳幹什麼啊？」樂婷連忙拉起小穎。

莉莉揉了揉眼睛，不解地看了看兩個姊姊，然後開始咳嗽，她似乎很睏，咳了幾聲，又轉過身，沉沉睡著。

「小穎。」樂婷將小穎拉到一旁，沉下臉問：「小穎，妳在幹嘛？」

「……」小穎默然，抬起頭來，呆愣愣地望著樂婷問：「姊姊，現在幾點了？」

「嗯，一點。」

「媽媽回來了嗎？」

「還沒耶。妳快睡啦，不要吵莉莉，她生病了。」樂婷這麼叮囑小穎，跟著再次回到房中，她顯然還沒和思賢哥聊夠。

「……」小穎回到自己的床旁坐下，呆愣愣地看著莉莉，不知過了多久，她又有些累了，便躺下來看著莉莉，又過了半晌，就在她再次進入夢鄉之際，又被一陣低吟的呼喚聲喚醒。

「唔唔……唔唔唔……」莉莉身子呈現一種怪異的扭曲狀，她的雙手伸直，像是在和什麼東西對抗一般，她的臉上堆著滿滿的驚懼。

「莉莉！」小穎跳下了床，不知所措。她見到莉莉的兩頰逐漸凹陷，那就像是被人用手掐著一般，莉莉的嘴巴便這樣給掐了開來，小穎伸手摸了摸莉莉雙手，只覺得莉莉雙手十分熱燙，且異常地僵硬。

突然——莉莉的身子再次激烈地掙動抽搐起來，且喉間發出了咕嚕咕嚕的聲響。

「哇！呀——」小穎尖叫。

門立即被推了開來，衝進來的除了姊姊樂婷之外，還有剛返家不久的媽媽何芹，此時接近凌晨兩點。何芹急匆匆地問：「怎麼了？什麼事？」

「莉莉她……她……」小穎轉身指著莉莉，但見莉莉平靜睡著，還發出細微的鼾聲，像是什麼事也沒發生過一般。

「妳玩不膩喔！」樂婷扠著腰，斥責起小穎。

「我才沒有玩，是莉莉……莉莉她剛才樣子很怪。」小穎急急辯解著，她試著輕輕推了推莉莉的肩頭。但莉莉睡得十分安穩，只能隱約見到她眼皮微微顫著，像是正作著夢。小穎不死心地向媽媽和姊姊描述剛才莉莉的動作和神態。

「是妳在作夢吧。」樂婷斜眼看著小穎。

「才不是作夢，是眞的，我站在這邊，親眼看見的。」小穎反駁。

「如果妳不是作夢，那妳就是放羊的孩子。」樂婷呵呵地笑。

「妳不相信就算了，去跟妳的思賢哥相親相愛啦。」小穎焦惱頂嘴。

「喂！」樂婷聽小穎這樣說，登時變了臉。

「不要吵啦，都這麼晚了，快睡覺啦。」何芹打斷了姊妹的鬥嘴，她撥了撥頭髮，顯得疲憊而不耐煩。

媽媽和姊姊出了房，小穎望著關上的門板，一片茫然，她坐回床沿，對著對面床上躺著的妹妹，感到有種奇異的陌生感。

她縮回床上，拉起薄被蓋上身，她並沒有面向莉莉，而是面對牆，背對著莉莉，她再次聽見了那怪異的咀嚼聲。

這次她沒有尖叫也沒有轉頭，她閉起眼睛，不再去聽，不再去想。但那聲音卻未止息，一直迴盪在房中，迴盪進了她的夢裡。

□

「莉莉，妳記不記得昨天作了什麼夢啊？」

翌日上午，小穎在餐桌前對著睡眼惺忪的莉莉這麼問。莉莉無精打采地望著桌上的三明治和牛奶發呆，對小穎的問話充耳未聞。

「莉莉，怎麼不吃，吃完了早餐才吃藥啊。」樂婷端出小穎和自己的三明治。

莉莉蒼白著臉，搖了搖頭。

「莉莉，妳知道妳昨天怎麼了嗎？妳夢遊了耶，妳是不是夢到妳在吃東西？妳做出很奇怪的動作，發出很奇怪的聲音，嚇到我了。」小穎對著莉莉說。

「有嗎？我不記得了……」莉莉茫然地說。

「妳不要吵她啦，讓她吃完早餐吃藥。」樂婷皺了皺眉，將小穎那份三明治推給小穎，再拿著自己的三明治準備回房。還對小穎說：「記得盯著妹妹吃藥喔，別忘記了，媽媽說的。」

「好啦！」小穎哼了哼，望著樂婷回房的背影，知道樂婷又要上網和思賢哥說話了，早也聊，晚也聊，若不是聊天，便是穿換衣服拿著數位相機對著鏡子拍照。

「莉莉，妳昨天到底作了什麼夢啊？」小穎拍了拍莉莉的肩。

「二姊妳好煩喔！」莉莉皺起眉頭，推開三明治，搖搖晃晃地就要離座，小穎一把拉住她，說：「等等啊，妳要先吃早餐，然後吃藥，不然……胃會壞掉喔。」

「我吃不下……」莉莉皺起眉頭，揉了揉心口，倚著牆搖搖晃晃走了兩步，突然蹲了下來，開始嘔吐。

「莉莉！」小穎趕忙上前拍著莉莉的後背，接著陡然一驚，她見到妹妹嘔出來的那灘東西有黃色、黑色、紅色，紛紛雜雜，且不停地蠕動，那看上去像是各式各樣的蟲子，有些有腳、有些滑溜、有些肢殘體缺、有些尚能振翅撲拍……

「呀——」小穎向後跌坐在地，用手撐著地不住後退，有些蟲子朝她爬來，爬得極快，她奮力踢腳甩去那些蟲子。

「莉莉！」聞聲趕來的樂婷見到莉莉蹲著嘔吐，趕緊拿了一包衛生紙趕來，替猶自不停乾嘔的莉莉擦拭嘴角，且對著小穎喊：「妳幹什麼一直亂叫啦，妳是沒吐過喔！」

「妳看、妳看……」小穎哭喪著臉指著莉莉腳邊那灘嘔吐物。

「看妳個大頭鬼！」樂婷帶著莉莉上廁所漱了漱口，又帶著她回到了餐桌旁，對她說：「吐一吐也好，吐乾淨了頭就沒那麼暈了，可是妳還是要吃藥，吃了藥才會好，知道嗎？吃藥之前也要先吃早餐，這樣才不會傷胃。」

莉莉點了點頭，終於拿起那三明治，啃了一小口，又喝了一點柳橙汁。

樂婷轉頭，見到小穎站在那灘嘔吐物旁微微發愣，不由得心中有氣，垮著臉上前，用一張張衛生紙將那些嘔吐物——其實只是一灘水、胃液、痰之類的液體蓋上，抓進一旁的垃圾桶裡，樂婷反覆這樣的動作，直到將那些嘔吐液體清理乾淨，跟著又拿著噴霧清潔劑噴了噴地板，然後擦乾。

樂婷洗了個手，將莉莉吃剩一半的三明治收去，盯著她吃了藥，這才帶莉莉上客廳，替她打開電視，將遙控器放在她的手上，溫柔叮囑幾句，這才準備回房，繼續自己的事。她見到小穎仍站在原地發呆，終於上去，朝她屁股大力拍了一下。

「啊！」小穎又尖叫一聲。

「妳又尖叫，不要亂叫好不好！」樂婷惱怒地說：「我照顧妳們兩個，但妳也要負責照顧妹妹，妳知道嗎？妳一直在鬧彆扭喔！」

「我……我沒有鬧彆扭……」小穎回了回神，拉著樂婷說：「妳剛剛都沒看到嗎？莉莉吐了好多蟲子出來，那些蟲子還會亂爬……」

「蟲妳個鬼，蟲子在哪？」樂婷指著一旁的垃圾桶，氣呼呼地說：「妳自己看看啊。」

小穎望著那垃圾桶，她可不願意去翻看莉莉的嘔吐物，且已無必要，在姊姊蹲下清理那些嘔吐物時，那些蟲早就不知跑哪兒去了，像是無端端消失在空氣中一樣。

「我跟妳說，老媽工作很辛苦，妳要懂得照顧自己，我沒辦法時時刻刻盯著妳們，妳知道嗎？」樂婷按著小穎的肩，這麼和她說。

「哼……」小穎低著頭，心中感到委屈，她望著姊姊回房的背影，忍不住回了一句：「妳時時刻刻盯著男生，當然沒辦法盯著我們了。」

「……」樂婷停下腳步，對小穎這句話感到氣憤，她瞪了小穎一眼。

小穎避開了姊姊的逼視目光，轉頭往客廳去，坐在莉莉身旁，和她一同觀看電影頻道播放的動畫電影，精彩的動畫電影情節很快地趕跑了小穎心中的不安和委屈，逗得她呵呵大笑。

「姊姊……我好冷……」

小穎本來笑得東倒西歪，聽見了這聲呼喚，突然止住了笑，她望了望身旁的妹妹，問：「莉莉，是妳在跟我說話嗎？」

莉莉望著小穎，小穎覺得莉莉的神情看來有些陌生。

「姊姊……媽媽在哪裡？」莉莉的嘴巴微微張合著。

「媽媽在店裡忙……」小穎感到有些怪異，怯怯地問：「莉莉……妳怎麼了？」

「姊姊……我好餓……媽媽很久沒給我吃東西了……」莉莉眼神空洞而茫然，身子微微地顫動著，呢喃地說：「打我……我打他……壞……打我……我生氣……打他……」

「啊，誰打誰啊？我聽不懂妳說什麼啦，妳肚子餓啦，妳想吃什麼？我叫大姊做三明治給妳吃……啊，二姊做給妳吃好了。」小穎遲疑了一會兒，她不想再去打擾樂婷，她知道樂婷一定又會不耐煩地擺臉色給她看了，她也想要盡點當姊姊的責任，她才不想去當個大電燈泡。

「冷……姊姊我好冷，媽媽呢？」莉莉縮起身子，哆嗦起來，呢喃說著。

「咦？妳會冷？」小穎掀了掀領口搧風，這些天莉莉生病，家裡的冷氣不是關著，就是開得極弱，小穎倒是熱出一身汗，她伸手探了探莉莉的額頭，咦地一驚，莉莉的額頭異常冰冷。

「妳……」小穎不知所措，她急急奔回房間，自床上拉了張薄被來到客廳，裹在莉莉身上，莉莉仍然不停地發抖，臉色更顯蒼白。小穎觸碰到莉莉的身子，只覺得莉莉的身子透出一股駭人的冰寒，像是冰箱門打開之後滿溢而出的寒氣。她趕緊再次回到房間，打開大衣櫃，從收納袋中翻出了冬天用的厚重毛衣、羽絨外套和大棉被，再氣喘吁吁地捧著那些衣服、棉被回到客廳，一層一層、一件一件替莉莉穿上，最後，再將那厚重大棉被，緊緊地裹住莉莉。

莉莉終於不再喊冷，卻開始呢喃著肚子餓。小穎便匆匆地跑到廚房，在平底鍋上淋了些油，又從冰箱取出雞蛋和火腿，她想要敲開蛋殼，卻生疏地使得碎蛋殼落了好幾片在鍋中，她用鐵筷子和鍋鏟費了好大一番勁這才將蛋殼清理乾淨，她讓熱油濺了好幾下，她連連搧風，覺得油煙十分嗆人，她的火開得太大了，又忘了打開抽油煙機。她準備翻蛋，熱油吱吱作響，好幾次將她逼退，她好不容易將蛋翻面，卻想起忘了撒鹽，她開始找鹽。

「鹽巴呢？鹽巴在哪裡？」小穎嗆咳著，她還是沒有想起媽媽和姊姊在炒菜時一定會開啓抽油煙機。

她終於找著了鹽，胡亂撒了一匙，覺得可能不夠，又撒了一匙，她再試著將蛋翻面，又讓濺出的熱油燙了數次，她見到荷包蛋的邊緣有些焦黑，終於意識到自己的火開得太大了，她將火關小，卻想起自己還沒準備吐司，她手忙腳亂地將兩片火腿片也扔進鍋裡，開始翻找吐司。

她好不容易將焦黑碎爛的荷包蛋從油鍋裡轉移到吐司上頭，跟著將焦硬捲曲的火腿片也放在荷包蛋上，她這才關上火，覺得快要窒息了。

小穎有些心虛地捧著那火腿蛋三明治奔回客廳，一面嚷著：「莉莉，蛋煎得有點焦，但是應該還是很好吃……」

「吳樂穎！妳到底在發什麼瘋！」樂婷氣憤的吼聲嚇得小穎止住了腳步，她見到樂婷手忙腳亂地掀去莉莉身上的棉被，將莉莉身上那些冬衣外套一件件脫去。

「姊姊，不行，她很冷！」小穎驚訝喊著，急忙奔去阻止樂婷。

「妳神經病！」樂婷不等小穎說完，賞了她一個脆響耳光。「妳會害她中暑！」

小穎呆愣愣地坐倒在沙發椅旁，她本來捧著的火腿蛋三明治散落一地。

她哽咽地哭了。

「莉莉？莉莉……」樂婷滿額大汗，終於將莉莉身上那些冬衣褪盡，莉莉身上那件襯衫早已汗濕，滿臉通紅，整個人活像是從蒸氣室裡給拉出來一般。

「把這裡弄乾淨！」樂婷氣憤地斥責小穎，將那些棉被衣物扔到小穎面前，再將恍惚的莉莉扶進了廁所，替她擦去熱汗，更換新衣。

小穎抽噎著將冬衣一件一件收回房中，將棉被塞入櫃裡，又拿著掃把將客廳地上吐司片、焦黑的荷包蛋、捲曲的火腿片一一掃去，但她的眼淚卻滴得到處都是。

02 苦澀的果實

「什麼？妳說什麼？」何芹在店裡接到了樂婷打來的電話，她一面應付著一旁幾個手上戴著名貴戒指的中年婦人，一面對著電話說：「妳叫她來聽。什麼？關在房間不出來？那算了，等我回去再說，妳看好妹妹。」何芹掛上電話，對那群太太歉然一笑，說：「家裡兩個姊妹吵架了。」

「多大啦？」彭太太在鏡子前擺了好幾個姿勢，對手上提著的那只棗紅色皮包似乎不太滿意，皺了皺眉，說：「不太適合我。」

「是不是，我就說剛才的鵝黃色比較適合妳。」何芹微笑著，接過彭太太手上的皮包，又換過另一只給她。「我三個女兒，一個高中畢業要上大學，一個國二升國三，一個國小四年級升五年級。」

「妳一個人帶三個女兒，女兒拉拔大了，最後還不是得嫁人，到那時妳身邊什麼也沒有，不如趁這兩年還年輕，替自己找個男人。」個頭矮小的李太太這麼說，她一面說，還一面和孫太太把玩著一座櫃上那些毛皮手套、花紋領巾。

「誰說的，我家女兒三十好幾，事業有成，還不是單身貴族、黃金女郎，成天『媽咪』

長、『媽咪』短地喊著我，天天黏著我，陪我逛街、買菜哩，我說女兒好，女兒貼心。」彭太太哼哼地說，一面說一面擺手，將手上那些墜飾搖得嘩啦啦響。

「哎喲，彭太太，妳想，等她四十好幾，還嫁不出去呀，那就不是黃金女郎，是金華火腿啦！那時候她還『媽咪』長、『媽咪』地黏著妳，妳還笑得出來嗎！」李太太牙尖嘴利，最愛損人。

「哼。」彭太太嗓門大，度量也不小，她女兒可是大公司經理，有千萬身價，哪那麼容易變成金華火腿，她便也不在意李太太一番話，而說：「我就愛女兒，怎樣。」

「就是嘛，我家那大寶出生的時候，每個人都讚他聰明，說長大了一定做官，現在不也是過一天算一天，隨他去啦，生兒子並沒有比較好。」孫太太呵呵笑著打圓場。

「啊，說到妳家大寶啊，他不是在玩那個什麼電腦嗎？」李太太話鋒一轉便轉到了孫太太大兒子身上。

「是啊，什麼線上遊戲，叫什麼鬼的我也不知道。」孫太太呵呵笑地說。

「妳那個大寶啊，不就是現在電視上說的那個什麼『宅』、『宅』……『宅』什麼……我一時想不起來。」李太太拍了拍自己的頭。

「宅男啦。」何芹插話，和幾位貴婦太太比起來，她年紀輕些，偶爾和女兒們看看電視，或是和店裡頭的年輕客人閒聊幾句，對於時下新鮮事物、流行語彙倒也不太陌生。

「就是宅男啦！妳的大寶比彭太太的金華火腿還要糟糕，人家女兒好歹也是上市公司經理，嫁不出去至少還會賺錢，妳家大寶會幹嘛？成天打遊戲，上次見到他，連喊都不喊，別說討老婆啦，等你們夫妻倆有天嗝屁了，妳家大寶不是要去當遊民啦！」李太太嘎嘎笑著說。

「妳一張嘴比大便還要臭。」孫太太揮了揮手。

「何芹啊，秀惠最近怎麼啦，怎麼都沒看到她？」彭太太總算決定要了手上的鵝黃色皮包，同時她也挑了兩對耳環、一件薄外套。

「啊。我一忙，都忘了和妳們說……」何芹愣了愣，接過彭太太遞來的信用卡，苦笑地說：「秀惠她……兩個月前出了車禍，過世了。」

「啊……」李太太、孫太太本來還在一旁鬥嘴，聽何芹這麼說，登時靜了下來。

秀惠是何芹的大學同學，十幾年至交好友，在何芹離婚那幾年，對她幫助極大，也是這精品店的小股東，早兩年還常來店裡幫忙，前陣子才聽說她交了個小男朋友，甜蜜得像蜜糖一樣，甚至還動了再婚的念頭。此時何芹口裡說出的消息像是旱地閃電一般地突然，惹得三位太太唉聲嘆氣、哈拉打屁了好半晌，又買了幾樣東西，這才結伴離去。

何芹望著外頭車水馬龍的街，心中悵然，秀惠是她最好的朋友，也是她的大恩人，不論是她的人生，還是這間店，倘若是沒有秀惠幫忙，可也難有今日。何芹來不及哀傷太久，店裡生意好，三位太太走後不久，又來新的客人，她忙碌地招呼客人，心思卻不如以往那樣專注，算錯了幾次折扣。秀惠死後，她常心不在焉，除了新分店和新家搬遷的忙碌瑣事之外，她像是還有其他的煩惱。

客人一批一批地來，又一批一批地走，到了傍晚，她將店面交給副店長打理，她匆匆用過晚餐，招了計程車，她得趕去分店幫忙。

她望著車上後視鏡懸掛的符籙墜飾微微出神，結束了大半天的工作並未使她放鬆，她緊蹙的眉心完全無法鬆開。她突然問：「司機大哥啊，你這符靈不靈啊？」

「妳說這個喔？」那司機呵呵笑著，摸了摸那符籙墜飾，隨口說：「求心安的啦，靈不靈我也不知道，做人啊，腳踏實地最要緊啦，做人實在，百毒不侵啦。」

「那你有沒有聽說哪間廟、哪座宮比較靈啊？」何芹不死心地問。

「廟喔……」司機想了想，說：「那要看是哪種廟啊，有些廟名氣很大，可是要說靈不靈就不知道啦，看妳是求財還是保平安還是什麼的，都不一樣啦！」

「嗯。就是……供奉……孤魂野鬼的，例如……意外死去的朋友，或是剛出生……或是還沒有出生的小孩子……」何芹怯怯懦懦地說。

「好複雜喔，我不懂啦，有些客人會跟我聊到這些，但我都有聽沒有懂啦，不過我有記得一些地方就是了。」司機這麼說，隨口報了幾間廟名，坐落在什麼地方等等。

何芹用心聽著，卻有些失望，那些廟宇她大都拜訪過。

都不符合她的期望。

「司機大哥啊，我就直說好了，你……有沒有聽過……養小鬼？降頭術？」何芹吞吞吐吐地說：「例如知不知道哪邊的降頭師父比較厲害……之類的……」

「降頭喔！」司機先是一愣，跟著大搖其頭。「這……我就不懂了啦，也沒載過會降頭的客人，也沒聽過。妳說的降頭是電影裡演的那種喔，那種很邪門耶……」

何芹本便不特別抱著期望，反正她每天都會搭乘三次計程車，她有很多機會可以向人打聽消息，因此她此時便也陪笑點頭。「我知道，只是好奇問問而已。」

□

何芹回到家時，已接近凌晨一點。新分店的店長經驗生疏，她得不斷地叮囑店內的陳設擺飾、與客人之間的應對話術等等。

她已經盡量提早返家了，她提著滷味宵夜，還記得白天樂婷打來的告狀電話。

客廳漆黑，何芹開了燈，將皮包隨意扔在高級沙發上，將滷味隨手放在玻璃桌上，家中一切擺設都是那樣嶄新漂亮——自然是比不上上午那些彭太太、李太太、孫太太家了，但可比原本的舊家高級太多。

這個新家是她努力多年的成果，然而她每天忙碌工作之下，竟也沒多餘的心力來享受這個又大又美的新家。

她拖著疲憊的身子來到兩個妹妹的房間，旋動門把，鎖著的。

她敲了敲門，說：「小穎？莉莉？我是媽，我回家了，有什麼事出來跟媽好好說。」

何芹沒有得到回應，樂婷自一旁的房間步出，說：「我讓莉莉睡我房間，小穎剛剛有出來上廁所，上完又把房間鎖起來了。」

「嗯……」何芹知道小穎鬥氣之餘還記得出房間上廁所，那便也不太擔心了，她拍了拍樂婷的肩說：「我帶了滷味回來，妳先吃吧，我洗個澡。」

「我現在不吃宵夜了，我減肥。」樂婷搖頭笑了笑。

「減肥？」何芹斜了她一眼，調侃地說：「妳想當紙片人啊，妳都已經皮包骨了。」

「會嗎？我覺得我很胖啊，喏，妳摸，我全身都是肥肉，手臂、屁股、小腹……」樂婷抓著何芹的手，去摸她的胳臂。

「會嗎，哪有……」何芹不摸還好，一摸之下卻有些愕然，樂婷不但不胖，且似乎過瘦了，她的手臂摸起來幾乎如同包著一層皮的竹竿，她的大腿就快要和小腿一樣細了。

何芹摸了摸樂婷的臉，仔細看了看她，這才驚覺樂婷的臉頰竟是那樣地削瘦，不論是現在所謂的「紙片人」，或是以往稱呼的「皮包骨」，用在樂婷身上，都是極其貼切的。

「樂婷，妳怎麼變那麼瘦？妳都沒吃東西？」何芹忍不住驚呼。

「哪有，我都吃很多好不好。」

「媽先去洗澡，妳趕快去吃點滷味吧。」

「哪有人半夜一點吃滷味啦，會肥死，不行，我要回房間了，妳叫小穎吃，她賭氣不吃東西，現在大概肚子咕咕叫了。」樂婷哼哼地說，不等何芹再開口，便轉身回房。

何芹有些茫然，她又敲了小穎房門，聽見裡頭抽噎的應答聲，這才放心到了浴室沖澡。

何芹婚結得早，此時年紀尚不滿四十，精心打扮之下，也頗能展現女性風華，在店裡自然也惹得不少男性目光，年紀大的、年紀小的，都曾經對何芹表露過愛意，早些年她也交過幾個男友、經歷幾段露水姻緣，卻終未能修成正果，這幾年忙著打理店面，漸漸也忘了替自己增添桃花，全心全意地將心思放在工作上。

而她那逝去不久的摯友秀惠，也經歷了兩段不美滿的婚姻，在數年愛情空窗之後竟交了個年紀小她許多的男友，前些時候何芹打從心裡爲秀惠感到高興，她從秀惠的臉上看見了久違的幸福字樣。只是那時的何芹怎麼也料想不到，才重拾幸福不久的秀惠竟會在一場突如其來的車禍裡說走就走。

何芹閉著眼睛，任由微溫的水沖在自己的臉上，沖去洗面乳和殘妝，她回想著白天李太太說的那番話，又回想著孫太太、彭太太說的那些話，無論如何，她對自己擁有三個女兒感到心滿意足，大女兒樂婷穩重懂事，樣貌美麗，也考上了好大學，從小到大幾乎無須讓她操心；二女兒樂穎活潑機靈卻不至於胡鬧生事，擅長運動，是個跆拳道好手，已經拿了幾面獎牌；小女兒樂莉成績比兩個姊姊當年都要好，學校老師還時常建議讓她跳級。

何芹一想至此，不由得有些欣慰，她微微笑了，知道自己這些年的努力沒有白費，她將那個脆弱破碎的單親家庭，改建成了嶄新有活力的女強人之家——只不過最近有些紊亂罷了。

何芹的微笑稍稍退去，她的煩惱又上來了，是的，最近確實有些紊亂，美麗的樂婷不知從什麼時候變成了皮包骨，她知道樂婷最近認識了個年輕人，愛美是一定的，但似乎瘦得過頭了；又聽樂婷說，小穎這兩天稀奇古怪，上午竟拿棉被將妹妹樂莉悶得差點昏厥，這又是怎麼一回事兒；那最乖巧聽話，功課一流的妹妹莉莉的一場小感冒，似乎越來越重，超出了她的想像之外。

「不對……不對……」何芹的不安愈漸加重，她趕緊洗完澡，先是來到樂婷房間，探看躺在姊姊床上的莉莉。

「妹妹吃了藥，睡得很熟，我幫她量過體溫，燒有退一點了。」樂婷說，她已關上電腦，準備入睡了。

何芹出了樂婷房間，來到小穎房間，小穎卻不在房中，原來已經自個兒上了客廳，坐在沙發上，呆呆望著桌上那袋滷味，她的肚子發出了咕嚕嚕的聲音。

「吃啊，就是買回來給妳們吃的，妳姊姊要減肥，媽已經吃過了，所以全部都是妳的。」

何芹開了冰箱，替自己和小穎倒了杯冷飲，拿到小穎身旁坐下。

「告訴媽，今天發生了什麼事？」何芹這麼問。

小穎吃起了滷味，她確實餓壞了，她吃了半晌，望著何芹，呆愣愣地說：「大姊打我。」

「嗯，她有跟我說。」何芹點點頭，說：「她說，妳給妹妹穿上冬天的大外套，又用棉被把她包起來，害妹妹熱得差點昏倒……是不是有這一回事？」

小穎默然了一會兒，說：「我不會害妹妹的，但是我說了實話，姊姊不相信我……」

「什麼實話？」何芹問。

「莉莉……說她冷……她問妳在哪裡，她還說她餓，說妳很久沒給她吃東西，她昨天晚上很怪……一直夢遊，動作像是在吃東西，我一叫姊姊來，她就好好的，今天也是這樣，她一直說冷，我才拿衣服給她穿……對了，今天早上，她還吐了，吐出一堆蟲子，可是姊姊一來，蟲子就不見了，我跟姊姊講，姊姊也不相信。」小穎嘴巴塞滿了滷味，含糊不清地講。

何芹一言不發，直到小穎喊了她幾句，問她：「媽媽，妳相信我說的話嗎？」何芹這才回過神，點點頭說：「媽相信。妳不要怪姊姊，姊姊沒看到妳說的情形，所以她不相信，假如換成是莉莉對妳這麼說，而妳沒親眼看到，妳也不會相信，對不對？」

「誰說的，如果莉莉這樣說，我會相信她，我也不會罵她打她，姊姊還打我。」小穎抗議。

「好啦，姊姊也是擔心莉莉啊。妳快吃，吃完了早點睡，不要想太多，媽知道這陣子沒時間陪妳們，過兩天媽把事情跟店長交代一下，帶妳們去度個假。」何芹笑著摸著小穎的頭。

「眞的嗎？」小穎不敢置信地問，上一次媽媽帶她們全家出遊，是兩年前的春節。

「當然是眞的，媽明天就去安排，妳可以跟姊姊討論一下，想去哪裡玩。」何芹點頭，她看著小穎那充滿期待的雙眼，心中有些不捨。

□

「姊。」小穎怯怯地站在樂婷的門前，遲疑了半晌，回頭看了看何芹，這才敲了敲門。

「進來。」樂婷的聲音從房裡傳出。

「對不起，我不該惹妳生氣。」小穎來到坐在連身鏡前梳頭的樂婷身旁，拉了拉樂婷的衣角。

「嗯。」樂婷從鏡中見到小穎閃亮亮的眼睛，反倒有些愧疚，她放下梳子，說：「我不是故意要打妳，我那時候急壞了，以爲妳……妳像電影裡那些怪角色一樣鬼上身了，所以……」

「妳才鬼上身咧！」小穎呵呵笑著，說：「媽說要帶我們去旅遊耶。」

「真的嗎？」樂婷有些詫異地望著鏡子當中那站在門旁的何芹。

何芹微笑點點頭，指了指床上的莉莉，說：「妳們幫忙把莉莉搬到我房間，今天我陪她睡好了。」

「那什麼時候陪我睡？」

「我也要！」

「莉莉是病人，等妳們生病了再說。」何芹呵呵笑著，指揮著兩個女兒，七手八腳地將沉睡著的莉莉安穩地抱進了何芹的主臥房，放在柔軟的雙人床上。

一談到旅遊，小穎和樂婷便睡不著了，樂婷重新打開電腦，搜尋旅遊景點，兩姊妹嘰嘰喳喳地討論起來。

何芹關上門，聽著兩姊妹的交談笑聲，跟著按下門把上的門鎖。

她望著床上的莉莉，面容上的神情五味雜陳，她來回踱步，跟著坐在床沿，輕輕按著莉莉的手，口唇有些發顫。跟著她又站起，來到了衣櫥前，打開了衣櫥木門，她伸手在衣櫥櫃板一處隱密的角落掏摸著，摸出了一把小鑰匙，那是衣櫥內櫃一只上鎖抽屜的鑰匙，她以那鑰匙開了鎖，取出抽屜來到床邊坐下。

她翻動抽屜當中的瑣碎物事，裡頭有些她自廟裡求來的平安符袋、佛珠、掛飾、玉珮，也有些籤詩、批卦，和她偶爾上相命館替自己以及三個女兒相命時所需要的生辰八字。

然而在那四張生辰八字之外，底下卻還有壓著一張死辰八字。

何芹用顫抖的手揭開那張死辰八字，八字上沒有姓名，卻有個額外以紅筆寫上的小名——樂弟。

何芹搖了搖頭，想將腦袋裡那不愉快的回憶甩脫，那時她與前夫離異一年有餘，開始了一段新的戀情，在兩年的過程當中，有喜有悲、有笑有淚，最終仍各奔西東。

死辰八字上的樂弟，便是這兩年某次預期之外的一顆未落地的果實，滋味自然是苦澀的。

在那不久之後，何芹禁不起摯友秀惠的百般遊說，便同意了秀惠的提議——供養樂弟。不是一般的供養。

秀惠有個曾經在泰國修習降頭的姨婆，秀惠年幼時和那姨婆親近，曾聽姨婆講述過許多降頭法術的神奇故事。秀惠離婚之後，一個人在家窮極無聊，便時常南下探望姨婆，那脾氣剛烈卻又對秀惠疼愛有加的姨婆一聽秀惠提及那動輒打罵又愛偷腥的壞丈夫，便嚷著要開壇作法，給他點顏色瞧瞧，然則秀惠一來抱著好聚好散、過去了就算了的念頭，一方面也知道這降頭裡頭可有不少凶狠恐怖的花招，無論如何，施在人身上，總是太過。

但她知道姨婆的脾氣，哪天火氣一來便開壇作法了，她想阻止也阻止不了，於是她便提議讓姨婆教她降頭，讓她自個來玩。便這麼著，秀惠學會了不少降頭法術，也從姨婆那兒收下了不少施法器具，她空閒之餘，便挑揀一些鎮宅護身、財運興旺的咒術來修練，便這麼漸漸地玩出了興趣。

她當然沒和任何人提起這檔子事。包括她最要好的朋友何芹。直到秀惠練習降頭兩、三年，小有所成，工作一帆風順，投資股票也獲利不少，反觀何芹那時，戀情走到了悲傷終點，經營的小小精品店也幾乎要關門大吉，三個女兒的學費、生活費甚至得靠秀惠接濟。

秀惠再也無法坐視摯友的困頓愁苦。她開始找機會向何芹透露自己和姨婆學習降頭的過程。起初何芹不以爲意，只當是好友想要轉移她傷痛的隨口話題，但另一方面，秀惠這一、兩年的順遂她也全瞧在眼裡，確實有些欣羨，經過秀惠許多次勸說，何芹下定決心，抱著不妨一試的心態，同意了秀惠的提議。

於是，那未能落地的果實，得到了一個名字——樂弟。

她們從靈骨塔取回了樂弟的骨灰罈，將樂弟的骨灰裝入一個空心孩童陶瓷雕像當中，置放在秀惠家中一間特別隔出的儲藏空房裡的神壇一角，日夜祭祀，每三日奉花，每五日獻上鮮果甜點，至於焚香燭火那當然是每天早晚少不了的了。

在最初的半年裡，何芹每日都要抽空上秀惠家中祭拜樂弟，和他說說話，或是帶些小餅乾、小糖果、小新衣、小玩具給他。

便這麼著，何芹的運氣逐漸地好轉了，每個月總有幾個客人上門挑選一些昂貴飾物，且十分滿意，滿意到會推薦給親朋好友，一傳十、十傳百，那些閒來無事便想要用戒指把雙手裝飾成像是戴著指虎的貴婦人們、那些自以爲走在時代尖端且品味獨到的時尚雅痞和都會新女性們、那些一出生嘴巴裡就叼著金銀湯匙的小開和貴公主們、那些叼著免洗筷出生卻寧願吃泡麵或是不吃也要和叼著金湯匙出生的小開和貴公主拚到底的平凡男孩女孩們，各路人馬一個串一個、兩個拉三個地登門尋寶。

便這麼著，隱藏在巷子深處的小小的、簡陋的精品店突然顯得十分擁擠，搬遷到了大馬路上，換裝上又大又亮又美麗的醒目招牌，增添了嶄新的展示櫥櫃、華美的托襯燈飾，以及更多的精品飾物和衣裝服飾。惹得不少流行雜誌、電視節目紛紛洽詢採訪，口碑一天響過一天。

便這麼著，何芹累積了一筆可觀的存款，還購入新屋，開了分店，變得極其忙碌，當然，和以前相比，這時的忙碌可是相當充實的。

何芹倒不覺得自己的成功完全歸功於樂弟的庇佑，她學生時代便是學設計的，她像是個缺少了火引的炸彈，樂弟或許便是那火引。她雖這麼想，但她對樂弟的供養可從不馬虎，秀惠的住處離何芹的店面只有幾步路，三天兩頭便登門造訪可是何芹在供養樂弟之前便養成的習慣，這些年來何芹帶去的玩具、甜點多到可以用大麻袋來裝，而秀惠也總會在焚香燃燭祝唸祈禱求得了樂弟的同意之後，將那些淘汰了的玩具，分送給鄰近的孤兒院，至於祭祀之後的甜點糖果，那便是放在精品店裡供客人隨手取用了，風評可是大佳。

就在何芹和秀惠這對曾經先後失卻了幸福的難姊難妹一點一滴地尋回自信和幸福之際，意外卻在料想不到的時機下發生了。

足足兩個月，何芹仍然無法接受秀惠車禍身故的事實，每當她午間歇息拿起電話想要撥給秀惠述說今日碰到的怪客人或是氣質帥男人卻沒人接聽時，她才意識到她那最要好的摯友已離她而去。有時她會轉身到廁所拭淚，有時則茫然望著街。

一直到這兩天，或者說是小穎的一番話，才讓何芹開始惶恐，那是一種摯友離開以外的不安感——樂弟。她開始擔心起樂弟。

秀惠死後不久，何芹試著聯繫秀惠的親戚，聲稱想要入屋取回自己寄放在那兒的物品，卻碰了個大釘子，那遠房親戚只說屋已清空，準備售出。

何芹不敢深究，也沒立場深究。她偶爾會掛念著樂弟，有時也會安慰自己這一切只是一個假想，樂弟或許早已轉世投胎，她和秀惠的成就是自食其力。就在她漸漸相信這個想法時，女兒們突如其來的小小紛爭敲碎了她原先的想法——事情可能還沒完。

她得做些什麼來延續或者結束這檔事——關於養小鬼的事；關於降頭術的事。不論是她看過的電影或是秀惠在世時的叮嚀，都再再說明這玩意兒可不是隨便起了個頭就能夠無疾而終，當作沒事一樣的。

何芹摸著樂弟的死辰八字，又看看身旁的莉莉，莉莉睡得極沉，一點也不像小穎說的那樣。會不會是向來愛耍小聰明的小穎故弄玄虛，爲的只是想要騙取一次豪華的旅遊？

何芹搖了搖頭，推翻了這個荒誕的想法，小穎雖然愛耍小聰明，可是要玩到這種地步可也太難，這是連大人也不見得玩得出來的把戲。

不知不覺地時間晚了，門外兩姊妹談論旅遊地點的聲音也已不再，想來是各自睡了，她也該睡了，明天還得向兩家店交代出遊期間的各種瑣碎事項。

何芹關了燈，躺在莉莉身旁，閉著眼睛卻睡不著，腦袋裡想的還是同一件事。

她在供養樂弟之後，有時會在夢裡和樂弟相遇，那是個漂亮的小男孩，穿著何芹帶給他的新衣、吃著糖果點心、牽著何芹的手搖晃奔跑。一點也不像秀惠描述的那般凶悍——降頭術各類飼養鬼仔之一的「路皮小鬼」，一種會凶悍地捍衛飼主的小鬼。

何芹不得不承認她對樂弟的供養除了愧疚感之外，還有一部分的戒慎恐懼感，在秀惠的叮囑當中，路皮小鬼的性子強悍，得好好照料，更準確來說，任何一種鬼仔的供養都是如此，你專心供養他，他庇佑你，你疏忽了，他隨時反噬，反噬的力道是輕是重，那便全然無法估計了。

反噬！何芹想到這兩個字，不由得有些心慌，心想這出遊的計畫，或許得向後挪延些許時日，她應當先將眼前的事情處理完畢。她心中不安。她將手擱在莉莉的手上。

莉莉緩緩地、輕輕地抓住了何芹的小指。

和夢中牽著她的樂弟動作一模一樣。

03 消失的項鍊

「嗨！終於見到你了。」樂婷笑得和盛開的花一樣燦爛，她的兩頰飄出飛紅，她的心兒咚咚地跳。她花了五個小時在鏡子前以自己全部的夏季衣服和鞋子和斜揹包包嘗試著各種——幾乎是全部的組合，最後，拼出了此時身上這套其實並沒有特別突出的打扮。她又花了十來分鐘搭乘計程車來到這家咖啡廳前，見到了她日想夜也想的思賢。

「啊，妳就是樂婷！」思賢戴著黑框眼鏡，比照片中斯文、比照片中更加英俊和高大。思賢一面說，一面闔上手中的外文書，將之放入背包中。跟著又從背包裡掏出了一只小方盒，遞給樂婷，說：「這……這是我答應要送給妳的神祕禮物。」

「呵，幹嘛這麼急，不是說好在咖啡廳裡才交換禮物嗎？」樂婷這麼說，卻仍然接過了禮物，用雙手捧著，極其珍重，且她也揚了揚自己的背包，說：「你的禮物在裡面喔。」

「哈，我都忘了。」思賢推了推眼鏡，有些侷促地說：「不好意思，我有點緊張。妳比照片中更好看。」

樂婷低下頭，抿著嘴微笑，她覺得自己快要飛起來了，她在網路上看過不少網友見面之後的反差失落感，但便連作了不少美夢的她也不敢置信，眼前的思賢比想像中更完美，高大英俊之外還有斯文害羞的一面，她找不出任何不滿意的地方，即便思賢現在就和她求婚，她甚至連「維持身價地考慮三天」都不用，她一定會答應的。

他們進了這家咖啡廳，挑了位置坐下，樂婷將自己準備的禮物交給了思賢，他們在點了飲料與點心之後，滿心期待地拆著彼此的禮物。

樂婷送給思賢一個粉藍色手工相框，框邊黏著海豚造型小飾物，相框當中的相片，自然是樂婷本人了，這手工禮物花了樂婷好幾天時間，其中又以照片本身最費工，一張照片的背後，是無以計數地更衣照鏡、無以計數地搔首弄姿、無以計數地按下快門，再無以計數地刪除那些不滿意的照片之後，萬中選一的一張。

「好漂亮。」思賢望著照片，再望望樂婷。

「會嗎？醜死了。」樂婷抿嘴一笑，輕巧拆開思賢送她的禮物，那是一條精美的銀色項鍊，有個美麗的錐形墜飾，墜飾上刻著一個「婷」字。

「哇，這會不會太貴重啊？」樂婷看著那個「婷」字，有種像是收到結婚戒指一般的感動。

「送給妳的，我覺得值得。」思賢這麼說。

咖啡廳服務生將二人的飲料點心送上，樂婷沒有再多說什麼，她比平時沉默許多，她專心地聽思賢講話。思賢十分健談，知識豐富卻又不是那些死板板的股票、政治之類的「大人的事」，而是一些樂婷雖然半知半解，但也會感到有興趣的事。

樂婷一會兒看看思賢的臉，一會兒瞧瞧那銀色項鍊上的「婷」字，時間彷彿跑得比光還要快，就在樂婷覺得還想要再聽思賢說更多更多更多話的時候，無意間卻發現天都黑了，他們在咖啡廳裡待了一整個下午。

「啊，糟糕……」樂婷看了看錶，說：「我……我得回家弄東西給我妹吃。」

「嗯，其實我也還有事。」思賢苦笑了笑說：「有幾個企畫案很趕，今天還要通宵，禮拜一就要交出去，可能會影響到我年底的升遷。」

「哇，你怎麼不早講！」樂婷驚訝地說：「如果我知道你忙的話，我就不會硬約你今天出來吃飯了……」

「但我也很想和妳見面。」思賢微笑說：「我在想，或許見到妳之後，會讓我精神百倍，說不定今天夜裡就把案子搞好了。」

「哈，我哪有這麼厲害啦。」樂婷嘴上這麼說，心裡可是甜得不得了。

「那我下週還能再約妳吃飯嗎？」思賢問。

「好啊好啊！」樂婷想也不想地便答應了。

□

「姊姊，妳在笑什麼啊？」小穎一邊大口扒著樂婷做的蛋炒飯，一邊看著電視上的歌唱大賽，趁著廣告的空檔，她瞥見樂婷心不在焉，還不時面露笑意，便這麼問。

「沒什麼啊，我哪有笑。」像是被看穿了心事，樂婷急忙將臉撇開，卻撇不去臉上湧現的紅，她撥撥頭髮再抓抓耳朵，她的耳朵熱得發燙。

「有啊，大姊明明就有笑。」一旁的莉莉插口說。

莉莉的病情從搬入母親睡房之後漸漸好轉，已經不再發燒，只是清晨稍稍咳嗽、有些體虛、偶爾暈眩。

「笑到臉都紅了。」小穎追根究柢地問：「思賢哥本人跟照片像嗎？」

「不關妳的事，妳快吃飯啦。」樂婷佯怒地揚起手來作勢要教訓小穎，小穎嘻嘻呵呵地纏著樂婷追問到底，她早就偷偷瞧見樂婷襯衫之下那條新的銀色項鍊，樂婷不時透過衣服摸摸那項鍊，再甜蜜又神祕地竊笑。

「姊，妳戴著的是思賢哥送妳的項鍊對不對？」小穎拉著樂婷的手，又對莉莉使了個眼色。

莉莉也甚有默契地撲了上去，要解樂婷胸口的釦子，瞧瞧裡頭的項鍊。

「妳們別煩啦，別鬧啦，我會生氣喔。」樂婷又氣又笑地抵抗兩個妹妹，心中卻喜孜孜甜膩膩，就算是皺眉、斥責、罵人，都像是會從眼角眉梢擠出糖漿一般的甜。

□

「小姐啊，這樣當然不行啦！」一個二十來歲的年輕人，對著何芹搖了搖手指。「這種東西怎麼可以搞丟呢，妳也太糊塗了。」

「我跟何小姐說話，你打什麼岔！」一個五十來歲的男人，蓄著八字鬍子，氣沖沖地瞪了那年輕人一眼，跟著一轉頭，又瞪了何芹一眼，說：「不過他說得對，何小姐，妳看起來不像旁門左道之士，怎麼會碰這種邪門歪道？碰了就算了，還這麼不小心。」

「黃大師……我會用盡一切辦法，把……把樂弟的骨灰找回來，但是……但是……」何芹苦笑地說：「假如眞的……眞的找不回來了，那該怎麼處理？」

「那麻煩可大啦。」黃大師連連搖頭，用手指大力扣擊桌面，正色斥責：「降頭小鬼一旦反噬主人，輕則重傷破財，重則家破人亡。妳只想到它的好處，卻沒考慮後果，現在累及了親人，妳說怎麼辦！」黃大師似乎天生好說教，他正氣凜然，越說越怒，噗的一聲將口中的梅子核吐進一旁的垃圾桶中，拿起桌上那只陳舊的保溫杯想喝口茶，但杯中也茶水已盡，這讓他更加氣惱，嘮嘮叨叨地站起，提著保溫杯來到開飲機旁加水。

何芹恭恭敬敬地坐著，不敢露出一丁點不愉快的神情。她望著四周，這兒不大也不小，不特別豪華，卻也看得出花過心思布置，角落的櫃子燃著廉價檀香，一旁一座八角魚缸養著一缸子艷紅肥美的凸眼金魚。

這兒是風水相師黃大居士的工作室，何芹透過了好幾位貴太太介紹，才輾轉找到了這兒，據那些貴太太們說，黃大師檯面上替人批卦相命，檯面下更練得一手茅山道術，舉凡消災解厄、超渡亡靈、鎮邪治鬼等無一不精，漫無頭緒的何芹便透過那些貴太太的介紹來到了這兒。自然，她沒有和貴太太們述說自己的遭遇，只說要請這黃大居士替三個女兒批個全年運勢，再替精品店擺個招財風水格局。

「何小姐，不是我對妳不客氣。這是原則問題、是責任問題，做人要有責任感，尤其是這麼嚴重的事，一定要仔仔細細，一絲不苟……」黃大師倒了茶水回座，輕輕啜了一口，神情稍稍緩和了些，但一說起教可是停不下來。

「黃大師，我明白，是我不好，那時候我是真的不懂……」何芹連連稱自己的不是，她一五一十地將供養樂弟的過程全盤托出，她補充說：「我那朋友的親戚對我不理不睬，樂弟的骨灰我是真的找不回來，但事情又不能拖著不管，我覺得最近有點不太對勁，想盡快想辦法處理，想請黃大師教我怎麼做……」

黃大師捻了捻嘴上那八字鬍子，嘆了口氣，搖著頭說：「造孽啊，造孽啊，何小姐，有些東西不是人人都玩得起的，很多邪門玩意兒可以讓妳得到好處，讓妳賺大錢，但一轉眼妳不留神，咬妳一口、推妳一把都是小事，害妳全家都有可能。」黃大師沒有回答何芹的問題，倒是把剛剛的一番指責，又說了一遍。

「黃大師，我知道自己做錯了，我怎樣都沒關係，但我還有三個女兒……千千萬萬不能害到她們啊……」何芹懇切地說。

「造孽啊……」黃大師又是大搖其頭，考慮了半晌之後這才拉開抽屜，取出一疊符紙。還瞪了何芹一眼，埋怨說：「我平時，是不動用這種修行法術的，畢竟終究一副凡人軀體，豈能代天管事？」黃大師這麼說，拿起硃砂紅筆，寫了四道符，一旁那年輕人連忙過來接過符，到了一邊的小神壇上，對著香爐繞了幾圈，跟著將符摺成六角形狀，各自放進一只繫繩的紅色小袋子裡，這才交給何芹。

「這符是做什麼用的？」何芹接過了四只符袋，好奇問著。

「鎮煞驅鬼。」那年輕人這麼說。「我師父的符，經過祖師爺加持，等於祖師爺親手寫成。」何芹望了望那小神壇，上頭供奉著道家張道陵張天師。

「啊？」何芹一愣，望向黃大師：「你要我用這符來對付欒弟？」

黃大師哼了哼說：「正即是正，邪即是邪，自古正邪不兩立，這小鬼是妳自己養的，凶性已成，不收伏他，就換妳三個女兒遭殃，妳自己想想吧。戴上了符，等於向他攤牌，不過也沒辦法，攤牌就攤牌。等我找個時間，幫妳超渡他，才能徹底解決這件事。」

「是是……超渡比較好，樂弟不是壞孩子……」何芹連連點頭。

「來，何小姐，給祖師爺上個香。」一旁的年輕人拿了三支香交給何芹，何芹也恭恭敬敬地來到小神壇前，虔誠地拜了數拜。

□

大廈電梯中，何芹捏著口袋中四只符包，心中五味雜陳，她不免有些愧疚，當初她將樂弟自靈骨塔中接出供養，數年之間時來運轉，而此時她卻請法師開符對付樂弟。

她步出電梯，來到自家門前，取出鑰匙尚未插入鑰匙孔中，便聽見家中隱然傳出的爭吵聲。

「姊，我們眞的沒拿啦！」小穎哭喪著臉，跺腳解釋。莉莉蜷縮在沙發上抱著熊玩偶哭泣。

樂婷漲紅著臉，氣急敗壞地大吼：「騙人，快還我，還我——」

「怎麼又吵成這樣啦，這幾天每天都吵，妳們到底怎麼啦？」何芹又氣又慌地匆匆開門進屋。

「她們好過分，偷我的東西！」樂婷尖叫，跟著按著小穎雙肩，大喊：「快還我、快還我！」

「我們沒有拿啦！」小穎試著推開樂婷的手，但樂婷緊緊抓著她的肩頭，令她感到疼痛。

「快住手！」何芹驚慌愕然地脫去鞋子，急急忙忙拉開樂婷，攔在兩人中間。

樂婷猛而伸出一手，揪住了小穎的頭髮，小穎痛得大叫。

「婷婷！」何芹又驚又怒地打了樂婷一個耳光，這才讓樂婷停下了動作。

何芹對自己的出手也有些愕然，她連忙轉身喝問：「剛剛姊姊說什麼，妳……拿她東西？」

「我沒有……我眞的沒有……」小穎哇哇哭了起來。一旁的莉莉也哭著說：「我們沒有拿姊姊的項鍊……」

「有，她們有……」樂婷也流淚了，她摀著讓何芹打了耳光的臉，哭泣著說：「剛剛我去洗澡，她們偷拿我的項鍊玩……我叫她們不要玩，她們不聽，又趁我吹頭髮拿我的項鍊……」

何芹不解地問：「項鍊？到底什麼項鍊？」

「是……一個朋友送我的項鍊……」樂婷嗚咽地回答。

「我們眞的沒有……」小穎哭著說：「姊姊洗澡的時候，我跟妹妹有跑去她房間偷看她的項鍊，但是姊姊要我們不要碰，我們就沒有碰了……我們沒有偷……」

「妳沒拿，那項鍊到哪裡去了？」樂婷又激動起來。

「我怎麼知道？妳叫我們不要碰，我們就沒碰啦……」小穎哭喊。

「那怎麼會不見，好好地怎麼會不見？」

「姊姊，我們眞的沒拿啦。」莉莉在一旁說。

「好了好了……」何芹拉著樂婷的手，來到樂婷房間，對她問：「會不會是妳忘了放哪了？」

「媽，不可能啦！」樂婷生氣地指著書桌上那只小空盒說：「我就擺這裡，吹個頭髮回來就不見了，不是她們拿的，那是誰拿的？」

「妳有沒有仔細找找？」何芹嘆著氣問。

「我找了，找不到，在盒子裡平空消失的，如果不是她們拿的，難道是鬼拿的啊？」樂婷嗚嗚地哭說。

「我們沒有拿！」小穎在外頭大喊。

「媽幫妳一起找，一定找得到，媽洗個澡，再好好問問小穎跟莉莉，好不好？」何芹拍拍樂婷的背，摸摸她依然發紅的臉頰，又對她好言幾句，這才走出房間，小穎和莉莉已不在客廳，而是窩在睡房床上並肩坐著一起哭，何芹問了幾句，也問不出個所以然。

她回到自己臥房，坐在梳妝台前，對著鏡子嘆氣，準備卸妝洗澡，再好好審審這離奇家案。她打開衣櫥，要將脫去的外套掛上，同時又開啓那衣櫥內櫃抽屜，準備將黃大師給她的符包擺入，她暫時還不打算用這東西，她盼望黃大師這幾天便能撥出時間，安然將樂弟超渡。但她抓著那符包的手卻僵直凝止在半空中。

她見到一條項鍊。

她顫抖著將之取出，望著項鍊上的墜飾，上頭有個「婷」字。

何芹坐在床沿，呆呆望著手中那條項鍊，她打消了將符包放入抽屜的念頭，這格抽屜，除了她以外，沒有人打開過。且她完全不認爲莉莉和小穎會找著藏在衣櫥隱密處的鑰匙，開啓抽屜竟爲了幹這一定會被自己發現的無聊惡作劇。

何芹默然半晌，將項鍊藏在口袋裡，來到樂婷房中，見到樂婷伏在書桌，將頭埋在臂膀裡啜泣，便假意四處摸摸找找，一會兒看看書櫃，一會兒摸摸床鋪，跟著何芹在書桌邊蹲下，取出口袋中的項鍊，咦了一聲說：「這是不是妳的項鍊啊？」

「……」樂婷抬起頭，看著何芹捏著那串項鍊，冷冷地說：「妹有說爲什麼要拿我項鍊嗎？」

「不是她們拿的啦，是我剛剛在地上撿到的，一定是妳不小心掉在地上，以爲是她們拿走的。」何芹有些心虛，陪笑地說。

「我看見妳從口袋拿出來的。」樂婷這麼說。

「妳看錯了，我手本來放在口袋裡，看到項鍊在地上，才伸手出來撿……」何芹牽強地答。

「如果眞的是我掉在地上，妳一定會罵我，不會像現在這樣的語氣了。」樂婷自何芹手中接過項鍊，寶愛地檢視，生怕上頭多出了幾道刮痕擦傷什麼的。

「剛媽打了妳，現在又怎麼好意思罵妳，只是一場小誤會而已，妹有錯，妳也有錯，媽也有錯，項鍊媽替妳找到了，不要再生妹妹的氣了好嗎？」何芹避重就輕地答。

樂婷沒有多說什麼，只是將項鍊握得緊緊的，好緊好緊。

「來，這個給妳。」何芹將一只符包取出，交給樂婷。

「這是什麼？」樂婷問。

「這是媽在廟裡求來的符，讓妳們三姊妹戴在身上保平安的，知道嗎？」何芹這麼說。

樂婷雙眼紅腫，眼神中帶著怨懟，不看何芹一眼，只是點了點頭。

跟著，何芹將剩餘三只符包其中兩只，交給了小穎和莉莉，又在她們房中逗留了好一會兒，安慰她們，要她們別傷心，說項鍊已經找到了，說姊姊不是故意要冤枉她們的。

何芹這才得以好好洗了個澡。她回房躺上了床，覺得疲憊到了極點，她自己卻沒戴上最後那只符包，只將符包擱放在床頭櫃上，她心中茫然，在半夢半醒間迷濛地說：「樂弟呀樂弟，你有什麼不開心，來找媽咪，不要去欺負三個姊姊，好嗎？讓媽咪重新供養你，好嗎？好嗎……」

不知過了多久，何芹早已進入了夢鄉，可不是美夢，卻也不是惡夢，在夢中的她並不特別感到害怕什麼的，她靜靜地看著那個蹲縮在角落、背對著她的小男孩。

「樂弟。」何芹在夢中這麼喚著那個小男孩。

小男孩微微回頭，以側臉睨視著何芹。

那確然是樂弟，何芹供養樂弟之後，屢次在夢中見過樂弟，她對樂弟的模樣十分熟悉，樂弟在她夢中的樣貌，是個三、四歲大，濃眉大眼的小男孩。以往樂弟在夢中總是嘻嘻哈哈的天真模樣，但此時不同，樂弟僅僅以眼角餘光瞥了何芹一眼，便又低下頭，仍背對著何芹。

何芹緩緩向前走了幾步，說：「樂弟來，媽咪抱抱，你還要媽咪嗎？」

樂弟側了臉，似乎有些猶豫，他搖搖頭、又點點頭、又搖搖頭。何芹上前抱起了他，見他仍低垂著頭，便伸手托起他的臉，卻見到他額上頭髮缺了一塊，有個明顯的傷痕。何芹不解地問：「怎麼會這樣？」

「姊……打我……」樂弟嘴巴喃喃動著，低微地說出這三個字。

「什麼？」何芹愣了愣，搖搖頭說：「姊姊不會打你，姊姊幹嘛打你？你是大家的好弟弟，是媽媽的乖孩子，沒有人會欺負你……」

「我打她……壞……她打我……我打她……」樂弟低著頭，抬起手遮住額上傷疤，說：

「醜……」

「不醜不醜，樂弟最漂亮了。」何芹連連搖頭。

「壞姊！打我壞姊……打我……打她，殺……殺死她！」樂弟突然身子一顫，有些激動地說。

「不行……不行！」何芹訝然搖頭。

樂弟陡然換了張淒絕恐怖的臉，張著烏青大口，猛地朝何芹狂嘯一聲。

「唔！」何芹自夢中驚醒，自床上登然坐起，她愣了半晌，抹了抹額上汗珠，沮喪難過地呢喃自語：「樂弟不要媽咪了……」

突然間她怔了怔，她聽見聲音。

何芹下床，開了房門，循著那細碎的說話聲音走去，她來到樂婷房門前側耳細聽，靜的；她又來到小穎和莉莉房門前細聽，靜的——聲音從別的地方傳出，她繼續探尋那聲音的來源，她經過客廳——

一叢黑影在客廳一角閃過。

「誰？」何芹怯怯地問，她心中害怕，遲疑了幾秒，不知該如何是好，但跟著她又聽見那細碎說話聲音，和剛才相比，那聲音清晰了些，聲音從廚房發出，何芹這才留意到，廚房之處似乎閃動著微微光芒。

她來到了廚房，見到當中蹲著三個人影——樂婷、小穎、莉莉，在她們三人當中，擺著一口鐵鍋，鍋中燃著火。

「妳們……妳們不睡覺在幹嘛？」何芹驚怒地問，事實上她的驚駭遠遠大過怒氣——三姊妹回頭望著她的神情竟然是那樣的冷然陌生。

樂婷站了起來，歪歪斜斜地走出廚房，和何芹擦肩而過，一句話也沒說，小穎、莉莉以同樣的神態、姿勢站起，默然地跟在姊姊身後，離開了廚房。

「啊……」何芹開了廚房燈光，不由得一驚，地上那小鐵鍋中燒著的，是她交給三姊妹的三只符包，符包已燒成了灰燼，只剩下三條燒得快沒了的繫繩還泛著黯淡火光。

何芹退了兩步，撞著了什麼，她轉身，見到樂婷。

「啊！」何芹讓樂婷嚇得驚呼，但樂婷的神情和剛才一般，眼神冷漠銳利，她手上還捏著一只符包，那是何芹擱在自個兒床頭櫃上的小符包。

「婷婷、婷婷……」何芹低聲喚著樂婷，但樂婷一言不發地走過何芹身邊，何芹感到樂婷身上散發著一種陌生且駭人的冷淡氣息。

「婷婷……還是……樂弟？」何芹見到樂婷在那小鐵鍋旁蹲下，將手中那小符包朝著何芹微微舉起，跟著另一手舉起打火機，在何芹面前將那小符包點燃，手一動不動，任由符包上的火焰迅速燃起。

「樂弟、樂弟，對不起，媽咪不是要對付你……媽咪也不想這樣，媽咪只是想求個平安，媽咪錯了……媽咪不該……」何芹見樂婷手上那火越燒越烈，幾乎就要燒上樂婷的手，連忙撲去，拍落她手上的燃火符包，再緊緊抱住了她，哽咽地這麼說：「你怪媽咪，就懲罰媽咪，不要鬧姊姊，姊姊們是無辜的，是無辜的……」

何芹這麼說時，突地感到肩頭一陣劇痛——樂婷咬住了她的肩頭。

「噫！」何芹本能地推開了樂婷，後退了幾步，撞在流理台邊緣，樂婷則歪歪扭扭地向後跌坐在地，腦袋緩緩歪斜，一雙眼睛卻直勾勾地吊望著何芹，陰惻惻地笑。

何芹先是驚恐無措，跟著紅著眼眶挽起袖子，緩緩朝樂婷走去，伏低身子，將胳臂湊向她說：「你……你是不是很恨媽咪？來，媽咪讓你出氣，你氣消了，就不要再欺負姊姊了……」

樂婷愣愣地望著何芹湊近的胳臂，嘻嘻地笑著，跟著眼睛一瞪，嘴巴又大大咧開，雙手緊緊抓著何芹的胳臂就要咬下，但不知是激動過度或是撐起身時滑了一下的緣故，這一口並未咬實何芹胳臂，只刮出一條小齒痕，但也讓何芹感到不小的疼痛了。

樂婷滑倒在地，身子激烈顫抖著，張開嘴巴怪叫怪嚷，雙手亂揮亂擺，雙腳不停蹬著流理台櫃門，發出巨大的轟轟撞擊聲。

「樂弟！婷婷！」何芹慌了手腳，霎時之間不知該如何是好，她正打算報警或是叫救護車的同時，樂婷卻又突然無聲無息，沒了動靜，歪七扭八地睡倒在廚房地板，一點知覺也無。

何芹花了好大力氣，這才將樂婷從廚房抬回臥室，將她放回床上，跟著何芹去了小穎和莉莉的房間，發現兩人也和姊姊樂婷一樣，沉沉睡著，像是什麼也沒發生過一般。何芹稍稍鬆了一口氣，同時也更加地茫然無助，她倚著兩間房之間的牆柱緩緩坐下，茫然望著昏黃的壁燈。

她不知該如何是好了。

04 漫長的混亂夜晚

「嘔——」小穎半彎著腰，伏在馬桶上，不停嘔吐著，她感到一股一股的東西從她翻騰的胃裡向外頭衝湧，她覺得嘔吐物經過她食道的同時，像是猶自不停掙動著，她想起了小妹莉莉前些天的模樣。

「唔！嘔！」小穎又嘔了數次，緊張地盯著馬桶，她吐出的大都是剛吃下肚的三明治和鮮奶，今日不知怎地，一早起床便感到腸胃不適，才剛吃下樂婷做的早餐，小穎就覺得一陣反胃，跟著便成了現在這副狼狽模樣了。

「姊……妳好了沒有……人家肚子痛啦……」莉莉在外頭敲著門。

小穎這才回神，按了按沖水鍵，漱了個口，將廁所讓給了妹妹。

「妳們很過分喔，趁機報仇，一個去吐、一個去拉肚子，我做的三明治有那麼難吃嗎？」樂婷一面聽著音樂，一面切著柳丁，這天是她和思賢相約用餐的週末。此時樂婷臉上盡是掩不住的歡樂神情。

「……」小穎沒有回答，看也不看樂婷一眼。樂婷的心裡滿滿都是即將到來的約會，小穎則是滿肚子怨氣，昨晚和樂婷的大吵還讓她想起來就氣。且不知怎地，她覺得渾身不舒服，身子忽冷忽熱，疲軟無力。

「喂，妳很那個耶。」樂婷抱手倚在門邊，皺著眉說：「我看在媽的份上，都讓步了，妳還跟我鬧彆扭。」

「妳說什麼啊。」小穎聽了樂婷這麼說，氣呼呼地坐起，她指著樂婷胸前掛著的項鍊說：「妳還沒跟我還有莉莉道歉！」

「我跟妳道歉？」樂婷瞪大了眼睛。「妳有沒有搞錯！」

「妳冤枉我們偷拿妳項鍊，妳脖子上掛著的是什麼？」小穎想要大聲地說，但不知怎地，她此時的叫嚷卻顯得虛弱無力。

「妳真是死鴨子嘴硬耶！」樂婷再次讓小穎的話激怒了，她扠著腰說：「這是昨天媽跟妳們談過話之後，拿給我的，妳還要狡辯？」

「讓開啦——」莉莉搖搖晃晃地要回房，見到姊姊還在吵昨晚那事兒，也氣呼呼地推開姊姊，搖搖晃晃地躺上床。

樂婷見莉莉一臉蒼白，怒意消退了些，有些關切地問：「莉莉，妳又不舒服了嗎？」

「不關妳的事啦！」莉莉哼哼地說。

「對啦，妳不要來我們房間啦，到時候掉了東西又誣賴我們！」小穎幫腔罵。

「妳們……」樂婷氣得發抖，氣憤地轉身，衝回自己房間，重重甩門。

莉莉背對著小穎側躺，好半晌之後，突然開口說：「二姊，妳昨天晚上有沒有夢見什麼啊？」

「嗯？」同樣背對莉莉側躺的小穎，恍惚之中聽莉莉這麼問，便答：「不記得了。」

「我……想起我之前作的夢了耶……」莉莉這麼說，跟著，將薄被拉緊了些，整個人蜷縮在被中，像是有些害怕。「我夢見一個小孩子。」

「小孩子？」小穎隨口應了兩聲，突然回神，說：「耶？我好像也夢見一個小孩子耶。」

「是喔？」莉莉轉過身來，看著小穎。「妳夢見那個小孩子什麼？」

「我不記得了……」小穎也轉過身望著莉莉，她從莉莉的眼睛裡看見恐懼，她問：「妳會冷嗎？我都快熱死了……」

「姊姊……妳昨天晚上好恐怖……」莉莉這麼說。

「我昨天晚上怎麼了？」小穎打了個冷顫，緩緩坐起身。

「妳像是在吃東西。」莉莉回答：「我……前幾天生病的時候，好像也有夢見一個小孩子，一直……一直餵我吃東西……」

□

「咦？媽妳不是去店裡了嗎？」樂婷一面撥整著她換過的第七個髮型，一面望著走進屋的何芹，何芹身後還跟著三人，其中一人是她熟識的麗芳，麗芳是何芹精品本店裡的副店長，與何芹一家都熟，樂婷三姊妹也有數次到麗芳家中作客的經驗。

但樂婷對另外那個中年男人和年輕男人卻不熟悉，只覺得這對老少男人十分沒有禮貌，進了屋連鞋都不脫，且那年輕的男人還提著一只大行李箱，沉甸甸的也不知道裡頭裝著什麼。

「婷婷，媽跟妳講，妳現在馬上收拾一下衣服，帶著兩個妹妹到麗芳家住幾天，這間屋子還有點事要處理。」何芹勉強擠出笑容，將樂婷拉到一旁，悄悄地和她這麼說。

「什麼？」樂婷不解地問。

「呃……我也是這兩天才知道，我們新家還有些法律上的問題沒有解決，要先跟舊屋主……嗯，這個談一談。」何芹牽強地解釋，指著在客廳一角東張西望的黃大師，和黃大師的弟子阿登。

「是喔，怎麼會這樣？」樂婷對房地產相關法律問題是一竅不通，聽媽媽這麼說，也不疑有他，只是感到十分困擾，她今日和思賢還有晚餐約會，但她見到黃大師皺著眉瞅著她望時，只覺得有種說不出的厭惡，一聽媽媽說這八字鬍男人還會在這兒待上好一陣，甚至這兩三天每天都會來，便也只好心不甘情不願地點頭答應，但她問：「我們可以先回舊家住呀，不必麻煩麗芳姊……」樂婷對麗芳那七歲大頑劣兒子十分感冒。

「嗯，不行耶，我們舊家已經有人看上了，現在在裝潢，不能住人。」何芹苦笑搖頭。

「乖，聽媽的話，快去收拾，帶幾件簡單的換洗衣服就好了，不要大包小包的。」

「這樣啊……唉……」樂婷莫可奈何，只好說：「小穎跟莉莉還在跟我鬧，妳去罵她們，我就聽妳話。」

「好，我去罵她們。」何芹若有所思地隨口敷衍，轉身便走向小穎和莉莉的房間。

「哈，我開玩笑的啦，莉莉好像不太舒服，小穎好像被她傳染了，剛剛吐了幾次……」樂婷這麼說。

「嗯。我去看看。」何芹聽樂婷這麼說，步伐加快了些，來到小穎房間外推開了門，只見到兩姊妹擠在一張床上睡得極沉，她上前摸了摸她倆的額，都是燙的。

「這位小姐貴姓？在下阿登，興趣是替人看手相。」黃大師的弟子阿登上前向樂婷搭訕。樂婷對這兩人沒什麼好感，一方面由於剛才何芹說得不清不楚，樂婷只當這一老一少的男人不知是前屋主還是債主之類的傢伙，總之是害她們好好的新家不能住，而要搬去麗芳家受她那臭兒子的氣的始作俑者。當下便也不理他，還斜了他一眼。

跟著樂婷見到黃大師目不轉睛地盯著她望，視線從她的頭頂掃到腳底再掃回頭頂，只感到一陣作嘔，心中有氣，頭也不回地轉身回房收拾衣物。

「黃大師，兩個孩子都病了。」何芹帶著硬被搖醒的小穎和莉莉出房，來到黃大師身旁，低聲地說。

黃大師先是伸手摸了摸小穎和莉莉的額頭，又捏了她倆眼皮，稍稍看了看她倆的眼睛，向何芹點了點頭，表示已有定見。

「好了，去穿鞋，準備出門。」何芹催促著她們準備出門，小穎和莉莉肩並著肩，夢遊似地走向玄關穿鞋。

「妳家裡的確不對勁，我幾乎嗅得到那傢伙的味兒，確實是旁門左道的味兒。」黃大師低聲對何芹說：「妳三個女兒沒什麼大礙，這七天雞豬牛不能吃，辣的多吃，辣得冒汗流眼淚，煞退得快。」黃大師邊說，邊伸手取出口袋裡的兩只紅袋交給何芹。何芹將信封微微揭開，只見到其中一只紅袋裡頭裝著八張符，另一只則裝著三張符。

黃大師囑咐：「三張的放進三個枕頭裡，姊妹三人睡來安穩；八張的每天起床睡前燒成洗臉水，洗把臉。」

何芹連連點頭，轉身將兩只紅袋子交給麗芳，麗芳輕輕拍著何芹的肩，說：「芹姊妳放心，我都記住了，大師說雞豬牛不能吃，炒菜辣椒多放點。三張符放枕頭，八張符每天早晚燒成符水洗臉。」

何芹不忘叮囑：「盡量不要讓她們知道，免得她們胡思亂想。」

何芹和麗芳、黃大師等又在客廳等了半晌，好不容易才等得樂婷收拾好衣物出房。

「咦！」樂婷見小穎和莉莉都兩手空空，不免有些疑問。「媽，怎麼她們沒帶換洗衣服啊？」

「妹妹身體不舒服，就沒讓她們收拾了，晚上有空媽帶妳們去買新衣服。」

「啊……不早說、不公平！」樂婷嘟著嘴巴抗議：「我也要新衣服。」

「好、好，那妳東西放下，動作快點，趕快跟麗芳回家。」何芹忍不住催促，此時已接近下午三點，窗外濃雲密布，和正午時分那晴朗艷陽天相較下，陰鬱許多，這讓何芹感到有些不安。

何芹送走了麗芳和三姊妹，轉回客廳，又替黃大師泡了一壺好茶，端上花生瓜子。黃大師拿出一副羅盤，捏指算著，跟著轉身對弟子阿登說：「阿登，擺個請鬼壇。」

阿登應了一聲，從行李當中取出一些器具，又拉了餐廳當中的餐桌作爲壇桌。何芹在一旁想要幫忙，也幫忙清空桌面，讓阿登開始布置，她見黃大師神情嚴肅地坐在沙發上喝茶，便悄悄地問阿登：「我問一下，是不是今天就可以處理好？」

「不一定。」阿登聳聳肩說：「快的話今晚就解決，但也有可能會拖上好幾天，妳沒看洗臉的符就那麼多張嗎。」

「嗯。」何芹點點頭，知道接下來或許會展開一場長期抗戰。

「麗芳姊，不好意思喔，我還有個約會，能不能麻煩妳先帶妹妹回家，晚上我自己去妳家？」樂婷這麼說。麗芳駕車，她坐在前座，一路上和思賢傳了幾個訊息，知道思賢已經出發，差不多就要到達約好的地方了。

麗芳應樂婷的要求，在路口將車停下，讓樂婷開門離去，還不忘叮嚀她：「晚上一定要來喔，我準備一些宵夜等妳。」

「好——」樂婷笑著將車門關上，轉身準備招計程車。

麗芳望著後視鏡中逐漸離她遠去的樂婷，隨口問：「妳們姊姊交男朋友啦？」

莉莉有氣無力地說：「我也不知道耶，姊姊好像很喜歡思賢哥。」

「樂穎，妳不舒服啊？」麗芳望著後視鏡中的小穎，見她腦袋倚靠在車窗上，眼睛瞇成了一條縫，嘴唇有些發青發紫，額上還不停冒汗，便有些擔心地問：「要不我先帶妳去看醫生好了？」小穎卻未回答，她感到極度睏倦，眼皮逐漸沉重。

「二姊，小心……那個小孩……」莉莉見小穎就要睡著，緊張地推了她一把，說：「妳一睡著，他又要出現了。」

「出現？什麼出現？」麗芳愣了愣問。

「是一個小孩，我跟二姊都夢見一個怪小孩……」莉莉只說了半句，便閉口不說。

「什麼小孩？」麗芳只聽何芹說孩子們前些天受了驚嚇，因此請風水師父開些民俗符法偏方，並不知道何芹和秀惠養小鬼之間的種種情事，此時聽莉莉這麼說，也並不以為意，隨口說：「妳們作惡夢喔？」

莉莉猶豫著是否該將她和小穎的夢說給麗芳聽，她歪著頭想了想，說：「那個小孩一直塞奇怪的東西給我吃……」

「哪個壞小孩這麼壞啊，跟麗芳姊講，麗芳姊幫妳打他屁股，打得他哇哇叫。」麗芳一面說，一面呵呵地笑。

「三姊、二姊！」莉莉瞥見身旁的小穎身子發顫，怯怯地搖著她的肩，她見到小穎嘴巴鼓脹脹的，還微微嚼動著。

「小穎怎麼啦？」麗芳聽見莉莉的叫喚，望了後照鏡一眼，見小穎臉色有異，正想開口細問，只聽見小穎哇的一聲突然驚醒，跟著抱著肚子嘔了起來。

「喂喂！小穎暈車嗎？」麗芳只覺得哭笑不得，這可是自己剛買不久的新車。同時，她聞到一股令她也想要反胃嘔吐的濃烈惡臭，這已不是一般嘔吐穢物的氣味了，更接近腐肉或是死屍的氣味。

「啊！」莉莉同樣也掩著口鼻尖叫起來，將身子不停往車門靠。

小穎用近乎哀嚎的聲音嘔吐著，眼淚鼻涕都止不住，她吐出一團又一團漆黑的東西，那些東西蠕爬著、掙動著，再跟著竟然向四處爬漫開來——是一隻又一隻漆黑怪異的蟲子。

「呀——怎麼會有這麼多蟲！」麗芳尖叫，那些蟲子自後座爬上了她的椅背，爬上了她全身，那些蟲子的爬動速度比蟑螂還快，一下子擴散到了整個車廂，在這一瞬間裡，車廂中除了蟲子的爬動聲外，便是三個女人的淒厲尖叫。

下一秒，車子失控，撞上道路分隔島上一株路樹。

□

「什麼！」何芹接到麗芳丈夫的知會電話，已是傍晚的事了。

「麗芳沒有生命危險，但還得觀察一段時間。兩個孩子運氣好，只有輕微擦傷……」電話那端，麗芳的丈夫這麼說。

何芹驚駭得久久說不出話，直到她數次確認了小穎和莉莉沒有大礙，而樂婷則早一步趕去約會之後，這才稍稍地鬆了口氣。她向麗芳的丈夫連連道歉，跟著結束了電話，看看時間，黃大師正坐在沙發上喝茶，阿登則蹺著二郎腿，看著電視哈哈大笑，他們在三房、浴廁、客廳、餐廳、廚房、前後陽台都仔細檢查了一遍，且在餐桌上設了個請鬼壇，左邊擺著超渡儀式器具，右邊擺著八卦鏡、桃木劍、搖鈴、伏鬼符籙等玩意兒，儼然一副恩威並進、利誘威逼的陣仗，此時請鬼壇上焚香燃燭，爐下擺著一盤沙，沙盤上橫立著一只架子，架子垂掛下一條紅繩，繩上繫著一截小木枝，木枝尖端便抵著沙盤上的沙。

沙盤一旁還有個直立垂掛的小鈴鐺，何芹叫了外賣餐食，三人一面等著外賣，一面等著鈴鐺響，要是鈴鐺一響，那便是這屋子裡的「東西」出來了，那時便要和那東西展開談判，黃大師會依據談判的結果，決定動用請鬼壇左邊的玩意兒，或是右邊的玩意兒。

「何小姐，妳不用擔心，我師父什麼大風大浪都見過了，這種小事他根本不放在眼裡。」

□

「三姊，妳剛剛在車子裡是不是又夢見那個小孩子啦？」

冰冷的醫院長廊，莉莉問著身旁的小穎，小穎仍然頭暈無力，但比起上午，已經好了些。她們在醫院中，也順便看了小兒科，拿了些感冒藥。

小穎聽莉莉這麼問，點了點頭說：「有個怪小孩一直拿奇怪的東西往我嘴巴裡塞，難吃死了！」

「結果，妳吐出一堆蟲子……」莉莉不安地說：「他餵妳吃蟲子對不對……」

小穎聳聳肩說：「不知道，不過……妳之前有一次早上，也吐了，那天我也看到妳吐了一些蟲子出來……可是大姊沒看到。大姊還罵我。」

兩姊妹聊至這兒，都覺得不安惶恐，卻又摸不著頭緒，她們不知該跟誰說自己的恐怖夢境。

「小妹妹……」一個駝背的老太婆，本來坐在對面那排長椅上，吃著包袱裡的餅乾，不知什麼時候緩緩地站起，又緩緩地走來，來到了兩姊妹身前，問：「妳們的媽媽，是不是開精品的那個何芹？」

「咦？老婆婆，妳也認識我媽媽喔？」小穎愣了愣，由於何芹的精品店也算小有名氣，偶爾在人多之處碰上個熟客也並不希罕，但小穎和莉莉從未見過這老太婆，心中覺得奇怪。

「我剛剛聽到妳們講的故事，可不可以再講一次給婆婆聽？」老太婆這麼問，已經在小穎身旁坐下。

「咦……咦……」小穎見這老太婆舉止怪異、面容醜陋，心中有些害怕，但也莫可奈何，她只好坐下，和莉莉相視幾眼，不知如何是好。

「那這樣好了，婆婆先講一個故事給妳們聽，妳們再講給婆婆聽。」那老太婆開始講起故事。

□

時間飛快。

樂婷積醞的滿滿的快樂情緒當中，唯一的小小不悅，那就是時間過得太快，太快太快了。

儘管她和思賢從下午四點左右碰面，逛了好一會兒街，然後用餐，他們在一家高級餐廳裡待了兩個小時，最後他們在公園裡一處靜僻角落談天，聊了許多事，從小時候的往事，一直聊到最近發生的事，和上次不同的是這次樂婷的話多了許多，她有好多好多的話要對思賢講，她想要將自己的全部都和思賢分享。

但時間過得太快了，她覺得自己還有好多好多事沒有告訴思賢，思賢也有好多好多事是她所不知道的，但現在已經接近晚上九點了，距離他們道別已經不遠了。

「怎麼突然沉默了？」思賢側著頭，看著低著頭一語不發的樂婷。

「沒有。」樂婷看著自己的腳尖，說：「我待會要去我媽朋友家裡住，不喜歡，我超討厭她兒子……眞不想去她家……」

「啊，妳一說我才注意到，現在確實到了要回家的時間了。」思賢稍稍拉高袖子，看了看錶。

「我沒說、我沒說，你也沒有注意到！」樂婷皺了皺眉，伸手蓋住思賢腕上的錶，但她很快覺得這樣的動作十分幼稚，便又嘆了口氣。「要是時間可以停止就好了。」

「我家有個不會動的古董鐘，每次在那個古董鐘旁邊，一邊喝咖啡、一邊聽音樂、一邊看書，都覺得時間好像眞的停止了一樣。」思賢笑說。

「嗯，我知道我知道，你有跟我說過，你也有給我看過那個古董鐘的照片。」樂婷說，跟著又說：「可惜我沒有親眼看過你家的古董鐘，時間還是跑得好快，快得讓人生氣……說不定看過一次，時間就能夠停止了……」

「哈哈，有可能喔。」思賢仰頭看著月亮，突然說：「再不然我帶妳去看，說不定時間眞的可以停止喔。」

「嗯？眞的嗎？好突然喔，會不會打擾到你啊？我……我沒去過男生家裡耶，這樣會不會很怪……我媽知道了，會罵我……」樂婷急急地說。

「嗯，也對，是我不好，不該提出這個建議。」思賢點點頭。

「啊……」樂婷聽思賢這麼說，呆了一呆，又說：「你家在哪裡啊？」

「離這裡不會太遠啊，大概十多分鐘左右就到了吧。」

「看一下鐘應該沒關係，要快一點喔，我還要趕去我媽朋友家，再慢就來不及了！」樂婷見思賢只是望著她，而沒有進一步行動時，她乾脆抓起思賢的手，大力拖著他，說：「快啦快啦，時間不等人的！」

「哈哈，有道理。」思賢笑著起身。

兩分鐘後，他們來到思賢的車旁；十三分鐘後，他們來到思賢家樓下。

思賢住在一處高級社區大廈裡，看那中庭氣派，似乎比樂婷家還要高級一些。

「沒有妳們家大。」思賢取出鑰匙開門。

「可是你一個人住啊，這樣已經很大了。」樂婷跟在思賢身後進屋。

亮了燈，裡頭的裝潢很有都會時尚單身雅痞的風格，樂婷來到客廳，哇的一聲坐上那寬大沙發，說：「比我家沙發舒服。」

「妳要喝點什麼？」思賢拉開冰箱，問。

「看看有什麼。」樂婷對思賢家好奇極了，四處探看，來到冰箱前，望著裡頭的各式零食和冷飲，取笑地說：「看不出來你這麼喜歡吃零食。」

「我常要熬夜擬企畫案，不吃點東西，很枯燥呀。」思賢笑著答。

「眞羨慕你，吃不胖。」樂婷抓了一包餅乾，用拳頭朝著思賢結實的小腹輕輕打了幾拳。

樂婷拿著餅乾，來到思賢的工作室，裡頭幾只大櫃擺著滿滿的時尚雜誌、書籍、模型公仔，和那座古董鐘。

「妳沒說喝什麼，我泡了咖啡。」思賢端著咖啡進房，遞給樂婷，跟著拿起遙控器，開啓音響，播放的是那首樂婷最喜歡聽的歌。

「咦，你不是說你沒聽過這首歌？」樂婷訝異地問。

「上次妳跟我提過，我就去找來聽了，眞的好聽。」思賢答，輕輕啜了一口咖啡。

樂婷有些感動，她將杯子端至口邊，輕輕吹，然後小小喝了一口，說：「好香。」

跟著他們沒有說話，只是靜靜地看著那古董時鐘，直到歌曲整首放完，樂婷這才喝了第二口咖啡，說：「時間好像眞的停止了呢。」

當他們聽完第二首歌時，兩人已將喝至一半的咖啡擱在桌上，他們輕輕地擁抱在一起、輕輕地接吻了。

□

「婷婷這孩子跑哪去了，這種時候還找不到人……」何芹看著時間，心中著急，雖然麗芳的丈夫已到了醫院照料麗芳，且答應替她看照小穎和莉莉，但樂婷的手機從下午到現在都打不通，令她不由得感到心急如焚，拿著手機在家中踱步，客廳中阿登端坐著，神情緊張地看著電視機中的棒球賽，球賽進行到最關鍵的一局，即便是師父神情肅穆地就坐在一旁，阿登也情不自禁地在一些關鍵時刻歡呼或是懊惱唾罵。

「阿登，安靜！」一旁的黃大師突然出聲怒斥。

「啊呀——四壞球保送！」阿登懊惱地揮手。

「我說安靜！」黃大師猛地站起。

阿登這才收聲坐直身子，他本以爲黃大師發怒了，轉頭卻見到黃大師目不轉睛地盯著餐桌。

阿登、何芹都因爲黃大師突如其來的喝喊而有些吃驚，他們便也一動不動地望著黃大師。

「電視關掉！」黃大師突然回頭，怒罵阿登。

阿登趕緊將電視調成靜音，他可不想錯過這場球賽的關鍵時刻，但是當他見到黃大師嚴厲地望著他時，他只好失望地關了電視。

好半晌後，何芹這才想要開口詢問：「黃大師……」

「噓！」黃大師對何芹做了個噤聲的手勢。

叮——

叮叮——

何芹聽清楚了，這是餐桌上請鬼壇那小鈴鐺的聲音。

來了。

阿登趕緊從沙發躍下，三步併作兩步地跑至那張以餐桌布置而成的請鬼壇。

「慌什麼！記住，不動如山，不變能應萬變！」黃大師重重哼了口氣，將手中的熱茶擱下，從容起身來到壇前，盯著沙盤旁那只小鈴鐺，何芹跟在黃大師身後，大氣也不敢喘一聲，眼睛也不敢眨一下，直到她覺得有些氣窒、眼睛乾酸，這才低低地吁了口氣。

叮——叮叮叮啷啷！

那鈴鐺又激烈地晃了數下。何芹嚇得退了兩步，見到沙盤支架垂下的小木枝，輕輕搖晃起來。

黃大師清了清嗓子，問：「你就是何小姐未出世的孩子？」

木枝只是隨意搖晃，在沙盤上劃出有如蚯蚓爬過的痕跡，但那並不是字，只是一些歪七扭八的痕跡而已。

黃大師雙手交叉在胸前，沉聲地問：「我問你話，我好好跟你談，你不要使性子。」

「樂弟……樂弟？」何芹見黃大師口氣嚴厲，心中的害怕減少幾分，反倒有些替樂弟擔心，她向前幾步，說：「是不是你，樂弟？乖……聽大師的話，媽咪想跟你接觸，媽咪想跟你好好談談……你聽得見媽咪說的話嗎？」

那木枝激烈抖動起來，幅度之大，連支架都震動搖晃。

一旁的阿登插嘴說：「孩子，你不會寫字吧，你聽見你媽媽的話，就畫個圈圈好了。」

木枝快速拖出一條歪斜的圈圈，跟著又一個圈圈、再一個圈圈，白沙讓那激動的木枝濺得四處亂撒，支架擺動、沙盤搖晃，連整個餐桌都微微震動起來。

「夠了！」黃大師一聲喝斥，雙手按在桌上，這才將桌子穩住，他想了想，問：「孩子，你媽媽找我們來，是來超渡你，讓你輪迴轉世。」

「對對……樂弟，聽大師的話，媽咪幫你辦一場法事，讓你順順利利投胎……下輩子……快快樂樂、舒舒服服……」何芹這麼說時，不由得有些愧疚，她覺得自己分給樂弟的愛似乎少了些。她喃喃地說：「媽咪好久沒有給你糖果吃，你是不是餓了？媽咪也好久沒有給你新的小玩具和新衣服了，對不對……」

那木枝輕輕晃了晃，突然激烈旋轉起來，在沙盤上畫出一個又一個的圈圈，圈圈之中卻夾雜著幾個叉叉。

「何小姐，妳一次問太多問題，會搞混他！」阿登在旁邊提醒，一面伸手抓住了木枝，另一手將沙盤的沙抹平。

黃大師清了清嗓子，厲聲說：「孩子，生死有命、陰陽相隔，我們挑個時辰替你超渡，這些天你不可再鬧家人。知道嗎？」

木枝倏地抽出阿登的手，將阿登的掌心割出幾道傷痕，跟著又在沙盤上胡亂寫動起來。

「混帳！」黃大師猛地一拍桌，但那木枝卻不理會，自顧自地亂寫一通，但一旁的何芹卻瞧出了些端倪，搶在黃大師發怒前說：「好像是字耶！」

「寫什麼？」黃大師和阿登湊近沙盤前，變化角度看那沙盤，看了半天看不出名堂，阿登向後退了兩步，站得遠些，反而看得清楚，他喃喃地說：「好像是三字經耶……一個『十』，底下一個『日』，再一個『十』……是『幹』！另一個字，一個女字旁……『幹娘』他罵髒話！」

「咦？」何芹突然搖頭說：「不對不對……是『乾媽』！他是要講秀惠！秀惠是他乾媽……」

木枝激動地劃起圈圈，一個又一個的圈圈。

「樂弟，你是不是有話想說？還是你不想被超渡，跟媽咪說……秀惠阿姨車禍過世了，你想她對不對？」何芹急急地問。

「妳這樣問他要怎麼回答？」阿登搖頭。那木枝果然更加激動，畫出了一堆圈圈和叉叉。阿登再次抓握住木枝，這次他掌心中還拿了道符，且緊緊握住木枝，不讓木枝再度掙動。

黃大師對何芹說：「何小姐，妳請我來處理這件事，就要照我的做法，妳不要妄想可以像以前一樣養他，利用這種邪門玩意來替自己牟利，天理難容呀。」

「我知道、我知道，我沒有那樣想，只是他剛剛提到秀惠，他好像有話要講……」何芹怯怯地說。

「孩子，你有什麼話說，就說吧。」一旁的阿登鬆開手，又將沙盤抹平，那木枝靜了靜，又寫畫起來。

黃大師歪頭看了半晌，說：「看不懂，一堆叉叉。」

阿登插口說：「不對，好像是——『走』，你要我們走？還是你答應要走？」

木枝激烈震動，又畫出一堆沒人看得懂的東西，阿登攤攤手說：「小鬼沒上過學，不會寫字。」

木枝騰空，凌空直直指向樂婷的房間，跟著突而垂下，一動也不動。

黃大師和阿登還不明所以，黃大師再次作法請鬼，要問個分明。何芹卻愣了愣，喃喃地問：「樂弟，你想要跟媽咪講什麼？是不是要講姊姊的事？還是要講乾媽的事？」她一面喃喃問著，一面朝著木枝指著的方向，也就是樂婷的房間走去。

「咦？」何芹望著關著燈的樂婷房間，卻吃驚地喊出了聲。

「怎麼了？」阿登趕緊跟上，只見到原本應當漆黑寂靜的樂婷房間，卻亮著一個東西，是電腦螢幕，樂婷的電腦不知何時開啓了。螢幕畫面迅速閃動，開啓一個又一個的資料夾、視窗以及應用程式，最後，畫面停在一個有著許多照片的資料夾中。跟著，畫面自縮圖切換成放大照片。

「這……」何芹伸手開了燈，走入房中，盯著那電腦螢幕，只見畫面停在思賢一手拿書、一手拿著相機的自拍照片。

「這是……樂婷的男友？」何芹愣了愣，這是她第一次見到思賢的相片，一來她平時太忙了，總是半夜才回到家，二來樂婷或許也是怕羞，也只是稍稍提及這個人而已。何芹不解地搖了搖頭。「樂弟……爲什麼給我看這個？咦？」

何芹又是一愣，螢幕中的照片一張換過一張，她突然覺得照片中的思賢有些面熟，但一時之間卻也想不出在哪兒見過，她的精品店每一天不知有多少像這樣的年輕人上門。

但下一刻，她猛地醒悟，想起自己在什麼地方看過思賢了。

05 真相

樂婷一顆心怦怦跳個不停，她坐在思賢臥房床沿，把玩著自己胸前的那枚銀色項鍊。五分鐘前，她和思賢才在書房卿卿我我聽音樂，不知怎地便來參觀思賢的臥室，然後他們又擁吻了一會兒，她感到他們的進展似乎快了些，和連續劇裡的純愛劇情不太一樣，這讓她感到有些不安，輕輕地推開了思賢。思賢很有風度地道了歉，說時間晚了，該送她回家了。

樂婷倒有些後悔自己推開了思賢，要離別了，下一次見面是多久？一天還是兩天？三天還是五天？那都太久了，便連此時思賢出房替她倒杯果汁，不過一兩分鐘，她都覺得太久了，她覺得坐立難安，她不想回家，她不想離開思賢。

思賢端著兩杯飲料入房，遞給她一杯，在她身旁坐下。「喝完果汁我送妳去妳媽媽的朋友家，不用擔心，我盡量開快一點，不會讓妳挨罵。」思賢微笑著說。

「那我寧願你開慢一點。」樂婷不知道自己在說什麼。

思賢將果汁放在床頭，來到窗邊，揭開窗，看著窗外夜景。

樂婷自後頭，伸手抱住了思賢的腰，將臉頰緊緊地貼在思賢寬闊的後背上，用蚊子才聽得見的聲音說：「我不要離開你。」

思賢不是蚊子，所以他問：「妳說什麼？」

「我說……」樂婷覺得自己的臉燙得可以煎蛋了，但她沒說出接下來讓她的臉可以烤焦牛排的話，而是尖叫了一聲。

一隻飛蛾落在她的臉上。

她驚慌地甩著臉，撥了半晌，才將那飛蛾趕跑。她和大多數女孩一樣討厭蟲子，連連用衣袖擦抹著臉，同時她向來愛美，此時更是，她擔心那飛蛾會令她皮膚過敏，一面呀呀叫著，一面奔到了廁所洗臉。

水龍頭的冷水似乎還澆不熄她臉上的燒燙，她望著鏡子中自己的臉蛋，活像是一顆紅通通的蘋果，她又透過鏡子，見到倚在門旁瞅著她笑的思賢，那讓她更加窘迫了。

「好了，洗完臉，可以回家囉。」思賢微笑著說。

「我不要回家！我要跟你……」樂婷終於大聲說出口：「在一起……我想永遠跟你在一起！」

「跟我在一起？我不懂妳說什麼。」思賢笑著問。

「我……我愛你……」樂婷上前緊緊抱住了思賢，說：「你也愛我對不對？我知道你也愛我。」

「可是我們認識還不到一個月……」思賢微笑著說。

「我們……我們一見鍾情，不是嗎？不是嗎？」樂婷說，她抱得更緊了。

「可是假如我的心中還有其他人的話……」思賢微笑地問。

樂婷昂起頭，用一種訝然且難過的神情，不解地望著思賢。

思賢說：「我是說假如……」

「假如？不會的、不會的，我知道你也愛我，對不對、對不對？」樂婷慌亂地問。

「假如的意思就是假如啊，妳想一下，如果是那樣的話，妳還愛我嗎？妳是不是就不愛我了？」思賢收起了笑容問。

樂婷咬著下唇，痛苦地思索了一會兒，搖搖頭說：「我還是愛你，還是愛你，眞的，還是愛你。」

「假如我心中有很多個女人，妳依然愛我嗎？」思賢用一種有趣的神情望著樂婷。

樂婷又昂起了頭，淚眼汪汪地望著思賢，好半晌才點了點頭：「我還是愛你……不管你變成了什麼樣子，不管你做了什麼事，不管你愛不愛我，我……還是愛你……」

思賢笑了，這次他笑得十分開懷，他將樂婷抱起，抱回了臥房，在她耳邊說：「那些都是『假如』，現在我的心裡只有妳。」

「嗯。」樂婷覺得自己快要融化了。

她被思賢放上了床鋪，望著思賢，就像是望著一尊天神。

思賢坐在她身旁，伸手撫摸她的臉蛋，讓她感到無限幸福，思賢的手指滑到了她的頸際，讓她覺得非常溫暖，思賢解開了她領口第一顆鈕釦，問：「如果我遭遇困難，妳會不計後果地幫助我，當我的後盾？」

「當然會！」樂婷用一種「這還用說」的表情和堅毅的語氣來回答思賢的問題。

「替我做牛做馬妳都願意？」「願意。」

「做豬做狗也願意？」「願意！」

「賺錢給我花也願意？」「願意啊。」

「做我第N個小老婆也願意？」「願意……可是你剛剛說……」

「開玩笑的啦。」思賢呵呵一笑，解開了樂婷上衣最後一個鈕釦。他說：「不論以後如何，現在妳是我的唯一。」

「嗯！」樂婷大力點頭，眼淚都快要落下來了，她見到思賢英俊的臉龐向她湊近，像是天神降臨了——

飛蛾降臨得比天神更快，那隻飛蛾又落到了樂婷的臉上。

「噫——」樂婷噫的一聲大力甩頭，趕走了飛蛾，有些生氣地說：「討厭耶！死飛蛾……哇！」樂婷又一聲尖叫，她感到腳底有另一個爬搔感，就像是一隻蟑螂爬過她的腳踝，她彈坐起身，縮進思賢懷裡，怯怯地說：「你家蟲子有點多耶……啊我臉有點癢，討厭的飛蛾！」

「可能是剛剛開窗戶跑進來的，我把牠趕出去好了……」思賢將樂婷抱下床，跟著四處張望，他拿起拖鞋，想要飛擲那隻停在牆上的飛蛾。

樂婷又洗了把臉，回到臥房時，見飛蛾不但沒走，而且還又多了兩隻，她啊呀一聲，那兩隻飛蛾比前一隻更大，抖動著花亂的翅膀，在房中飛繞。思賢氣呼呼地用雜誌驅趕那三隻飛蛾，但三隻飛蛾怎麼也不願意走。

思賢大大吁了口氣，對樂婷一笑，摟著她出房，來到廚房拿了一罐殺蟲劑，說：「給我一分鐘，我把臭飛蛾趕跑。」

「嗯！」樂婷點點頭，雖然她覺得一分鐘無法見到思賢，是一件很煎熬的事。

思賢拿著殺蟲劑回到房中，關上了門，再悄悄上鎖，他將殺蟲劑拋到床上，轉身打開衣櫥，將裡頭的衣服撥至一邊，在那些衣服之後，竟還有個暗門，原來這衣櫥沒有背板，後頭緊貼著一處壁櫥。

思賢拉開壁櫥拉門，裡頭是一些——奇怪的法器，有黑色的符、有草人、有彎曲的小刀、有蠟燭、有瓶瓶罐罐。

有好幾尊孩童瓷像。

有幾張照片。

他和秀惠的合照。

06 鬥法

何芹盯著樂婷電腦螢幕裡的思賢，她在秀惠的手機裡看過這個男人的照片——秀惠的小男友。

雖然樂婷電腦照片裡的思賢和秀惠手機照片裡的思賢打扮全然不同，但何芹記性尤佳，她幾乎可以確定兩者是同一人。

何芹還沒來得及細想太多，房中電燈突然熄滅。

螢幕閃現出一張淒厲的小鬼面孔，張著漆黑嘴巴，惡狠狠地朝著何芹一聲咆哮。

「呀——」何芹猛地受驚，坐倒在地。

「喝！」阿登在外頭也見著房裡的巨變，他趕緊往房裡衝，卻讓突然猛烈關上的房門給撞了出去，更糟的是，他讓門一撞卻沒有完全退出門外，一隻手還在房內，讓門緊緊夾住，動彈不得，那門猶自不停施力要關，痛得他哇哇大叫。

在請鬼壇作法的黃大師趕忙跟來，用肩撞、用腳踹，怎麼也推不開門，他又驚又怒地回到壇前，想要拿取桃木劍和桌上的符，卻沒料整個餐桌突然掀倒，桌上的各式法器、沙盤、香爐碰碰磅磅地散了滿地。

「小鬼造反啦！」黃大師厲聲怒斥，伏低身子要去撿拾那些符籙，四周突然一暗，客廳、餐廳的燈也熄滅了。

「呀——啊——樂弟！樂弟！你是不是有什麼話想跟媽咪說？是不是乾媽的事？你說、你好好說……」何芹又是驚懼又是難過地縮到了角落，只見到螢幕上那凶狠的小鬼臉孔朝著她不停咆哮，跟著又旋即消失。

樂婷的電腦喀啦啦作響，鍵盤、滑鼠、電腦椅，乃至於整個電腦桌，都搖晃震動著。

「啊！」何芹又是一聲尖叫，一隻小手自她背後摸來，掐住了她手腕。

跟著再一隻小手，掐住了她的頸子。

「樂弟不要！」何芹尖聲喊著，使勁掙扎，那手才突然消失，同時，她見到身旁有個小影閃過，是個小孩身影。

「樂弟！」何芹猛然一驚，樂弟在她身旁胡衝亂竄，尖聲笑著。何芹驚恐到了極點，她跑到門邊，那門還緊緊夾著阿登的胳臂，阿登痛得哇哇大叫，何芹奮力拉門，卻也拉不開，突然她頭皮一痛，是頭髮給揪住了，她讓那股怪力揪著頭髮不停往後退。跟著她膝蓋彎給踢了一腳，瘓軟倒下。

樂弟躍到了她身前，張開嘴巴朝著何芹肩膀狠狠咬了一口，跟著卻又突然怪叫一聲，倏地翻倒。

「啊！」何芹尖叫跳起，掙扎要逃，突然腳底一陣刺疼，有如踩著了尖針一般，她哇的一聲再次摔倒，她伸手撫摸腳底，並沒有傷口，也不感到刺疼，但是當她試著站起，腳底一著地，那針刺劇痛便又隨之而來。

樂弟再次落在何芹面前，漆黑當中只見他雙目發紅，身上泛著青青慘慘的微弱光芒，臉上皮肉糾結，神情凶狠，一步一步朝何芹走來。

「樂弟，不……不……」何芹驚恐流著淚，但她無法站起，她的手掌撐及地面，也發出了針刺般的疼痛。

樂弟猙獰地走至何芹身邊，伸出一手又要掐何芹嘴巴，但他的手尚未觸及何芹的臉，便又再一次翻摔倒地。

樂弟吼叫著跳起，他似乎和什麼搏鬥著。

這一次何芹看清楚了，樂弟是在和另一個小孩搏鬥。

「啊……」何芹啊的一聲，她發覺那新冒出的小孩身上衣服的卡通圖案有些熟悉——這個新冒出來的小孩似乎才是樂弟。

而另一個揪她頭髮、張口咬她的小孩，又是誰？

「咿呀——」

何芹聽見頭上一聲怪叫，猛而抬頭，驚見在房門上方，還伏著第三隻小鬼，那小鬼垂著兩尾麻花辮，頭下腳上地朝著底下搏鬥著的兩個小鬼吼叫，房門便是這小鬼抵著的，這小鬼叫了兩聲，呼地撲下，黃大師也終於撞開了門，將讓門夾得痛不欲生的阿登拖離了門邊。

房間當中，樂弟讓兩個小鬼壓倒在地掄拳狂毆，他們扯他的頭髮、抓他的臉、咬他的手、踩他的肚子。

「何小姐，還不快出來！」黃大師朝著房內怒斥。

「樂弟，你是不是樂弟？」何芹這才回神，猛地掙扎，卻不是向後逃，而是撲衝上前，想拉開那兩個毆打樂弟的小鬼，但她忘了腳底的針刺猶在，她再次撲倒在地，摔得眼冒金星，等黃大師和阿登再次入屋將她扶起時，房中燈光亮起，樂弟和另兩個小鬼已經消失。

「何小姐，到底怎麼回事？小鬼不只一隻，妳有事瞞著我！」黃大師神情慍怒，將何芹扶上沙發後，嚴厲地斥問。

「我……我不知道……」何芹慌亂搖頭，突然想到了什麼，說：「秀惠……秀惠……自己也有養，她……我知道了，她過世之後，不只樂弟，其他小鬼也沒人供養，所以全跑出來了……啊呀……該不會全找上我家了吧！」

「阿登，起金剛陣，這些小鬼目無尊長，敬酒不吃吃罰酒！」黃大師氣呼呼地喊，一把拾起餐桌上的桃木劍，又捏了張符在手上，比劃半晌，穿在劍上，湊近蠟燭點燃，卻轟的一聲炸出一團大火，將桃木劍也燃著了。

「喝！」黃大師有些吃驚，連忙將桃木劍扔在地上，用腳踩熄了火，再拾起時，劍尖已給燒得焦了，他憤怒地喊：「阿登，動作快點，小鬼頑劣到家！」

阿登手臂骨折，痛得說不出話，有苦難言，他從帶來的行李當中取出六支燭台，點燃之後擺放在客廳周圍，另外還拿出一堆瓶瓶罐罐，都是些雞血、狗血、硃砂、墨汁之類的東西，直接在客廳桌上擺起新壇。

「頑劣小鬼們，大師擺了請鬼壇，你們不給我黃大師面子，現在擺金剛陣，求饒也沒用啦！」黃大師大喊著，持著那焦黑劍尖的桃木劍，再次開壇作法，只聽到四周發出了一陣一陣的小孩叫嚷聲，有哭有笑，還有爭執吵鬧聲。

「何小姐，妳放心，黃大師的金剛陣，這些小鬼是踏不進來的。」阿登找了條布固定輕微骨折的右手，來到何芹身旁，對她這麼說。

「孽障，還不束手就擒，快快投降，祖師爺大顯威靈啦——」黃大師一聲吆喝，桃木劍虛空一指，似乎點著了什麼似的，聽見一個孩童尖喊，有個小人影兒在地上滾了滾，摀著臉怒嚎起來。

「哼，知道黃大師的厲害了吧！大師我的金剛陣，只有我攻人，沒有人攻我！」黃大師轉身取了張符，又穿在劍上，準備斬鬼，他一面說，一面踏著七星步，準備再出劍，突然一雙手從桌底伸出，緊緊抓著黃大師雙腳，猛地向後一拉，將黃大師唰地拉倒在地。

「阿登！」黃大師狼狽站起，迴身揮了兩劍，但那雙手已不見蹤影。

金剛陣六支燭台，此時已滅了三支。阿登急急忙忙拿著符燃了火想要去重點燭台，但手中那符突地轟然炸開，一下子便燒沒了，還燒著了阿登用以固定斷臂的布條，他好不容易拍打滅了火，手已疼得幾乎要失去知覺。

「孽畜好大膽！」黃大師左顧右盼，先前的凜然氣焰減退幾分，他揭開黑狗血和雞血罐子，胡亂倒在碗中，伸指沾了沾，替桃木劍開封。

不知哪兒擲來一個蘋果，碰地打翻了碗，雞血狗血流了一地。

「喝！」黃大師還沒來得及怒罵，又有東西飛來，這次是一張椅子，黃大師抱頭閃過，跟著又一張椅子，這次結實砸中黃大師肩膀，將他砸得撲倒在地，又撞滅了兩支燭台。

「斬鬼金剛劍，正邪不兩立！」黃大師對著一個突然出現的小鬼影橫斬一劍，但只斬著了空氣，那綁著麻花辮子的小鬼倏地出現在他身旁，一口咬著了他持劍那手，黃大師一痛之下鬆開了手，桃木劍給那小鬼踢飛老遠。

跟著只聽黃大師咿咿嗚嗚尖聲怪叫，他的臉上讓小鬼扒出好幾道血痕。

「唔哇！」黃大師讓那小鬼壓在地上亂打一頓，後頭阿登拋來一張網子，將那小鬼連同黃大師一齊蓋住。

小鬼吱吱叫著，似乎被那施過符法的網子燙得難受，黃大師在網裡也不好過，和那小鬼扭打掙扎，八字鬍子給扯落大半，阿登手忙腳亂地想要幫忙，拾起桃木劍亂刺亂斬，有不少下都賞在黃大師身上。

另一頭，一個小鬼從桌下鑽出爬上何芹的雙腿，何芹想要逃跑，但腳掌一觸地，便又痛得全身發軟。那小鬼尖叫一聲，又伸手要掐抓何芹嘴巴，但他怪叫一聲，被桌底下伸出的另一雙手又給拉了回去。

「樂弟，樂弟？是不是你？」何芹擔憂地朝桌下喊，只聽見桌下發出兩個小鬼的激烈嘶叫打鬥聲，跟著，整個桌子轟地掀倒，樂弟和那小鬼互相抓著對方的臉，掐著對方頸子，何芹這才看了清楚，樂弟的臉上、身上、手臂上，遍布著密密麻麻的傷痕，且看來似乎都是近日受的新傷。

樂弟呀的一聲咬住了那小鬼腰脅，小鬼怪叫怪嚷著搥打樂弟腦袋，樂弟卻怎麼也不鬆口，另一邊與黃大師、阿登纏鬥的麻花辮小鬼早已破網而出，聽見這頭小鬼的慘叫，趕緊回頭幫忙，又變成了二打一的局面。黃大師滿身滿臉都是抓痕，搖搖晃晃地和阿登彼此攙扶站起，氣喘吁吁，喃喃不停：「好一個凶神惡煞，看來……真的得請祖師爺出馬了……」

「樂弟……樂弟！」何芹見樂弟又讓兩個小鬼揪著壓在地上打，心中焦急，她雖然還不明白整個事情始末，但也隱隱醒悟，這些日子在家中搗亂的，似乎是這兩個凶惡小鬼，而不是樂弟，樂弟一身的傷，顯然都是和這兩個小鬼打架打出來的——

何芹這麼想時，見到樂弟左頰讓趕去助戰的麻花辮小鬼咬下了一大塊肉，心中大慟，強忍著腳底和手掌痛楚，掙扎著要撲上去幫忙，但突然哇的一聲，吐出一口濁血，她的胃也開始發出劇痛。

「何小姐！」黃大師和阿登狼狽趕來，翻了翻何芹眼皮，只見她眼睛上冒出了許多褐色斑紋，兩隻眼睛看來骯髒污濁。

「何小姐，怎麼妳也中了降？」黃大師訝然，連忙扶著何芹躺平在沙發上，跟著自散落一地的道具當中取出硃砂，沾在指上在何芹的額上畫了個小印，跟著又燃了幾張符，在何芹頭頂繞來晃去。他又捏了些解降藥材，掐開何芹的口，又是一驚，只見何芹牙齒上也冒出了褐色斑紋，黃大師趕緊將那解降藥材塞進何芹嘴裡，也不知靈是不靈，總之何芹喘了幾口氣，眼睛裡的褐斑褪了幾分，她開始咳嗽，反胃嘔吐，咳出幾口血，血中還夾帶一些細細碎碎的小蟲。

「阿登，還愣什麼，擺祖師爺壇，跟這種頑劣小鬼別客氣了，我們出絕招！」黃大師見自己符籙有效，信心回復了些，劍指一比，指著兩三公尺外揪打爭鬥的三隻小鬼怒斥：「自古邪不勝正，今天我請祖師爺讓你們魂飛魄散！」

呼地一個瓷瓶飛來，碰地正中黃大師臉面，他摀著臉哇哇怪叫，一隻小鬼飛身要朝他撲來，卻又讓樂弟拉回，此時樂弟雙手各抓著一隻小鬼胳臂，硬是不讓兩隻小鬼接近何芹，他朝著何芹嘎嘎叫著，不停扭頭，望著門邊。

「那小鬼，要妳走？」黃大師摀著鼻子，鼻血從他指縫滲出。

「樂弟、樂弟……」何芹掙扎起身，跟著又倒下，她的胃又一陣針刺劇痛，她的腳一著地便如同踩在尖針上。

「師父，何小姐中的好像是針降！」阿登一面在沙發邊的小角落擺了個小壇，一面向黃大師喊。

「要你多嘴！我難道看不出來嗎？」黃大師喝喊：「解這針降不難……首先得……首先得……」黃大師怒目沉思半晌，然後喝問：「阿登，祖師爺壇擺好了沒？」

「好了好了！」阿登強忍著骨折疼痛，高聲應著，又從攜來的行李當中取出一疊摺得方整的銘黃色道袍遞給黃大師，黃大師一躍起身，接著那道袍一把甩開，動作極大，一迴身已經將道袍穿上，再緩緩地戴上那頂有著太極圖樣的烏黑道帽，跟著又從阿登手上接過一支拂塵，此時黃大師沉腰紮馬、腳踏七星步，一手揚著拂塵，一手比著劍指，若非那腥紅鼻血淌了滿臉，那可眞有一代宗師的神態。

阿登則在沙發邊的小祖師壇上焚香祈禱，喃喃唸著：「祖師爺保佑，大顯威靈，驅邪鎮煞！」祖師爺壇上那尊小小的神像，便是張天師。

黃大師橫眉豎目，不停唸咒，搖頭晃腦，拂塵揮甩，只見他雙目之間的銳氣愈漸強盛。

「何小姐，喝下這杯茶會好點。」阿登取了行李當中一些草藥，自地上拾起一只杯子和半壺茶，沖了一杯烏黑濃茶，扶著何芹讓她喝下。何芹聞那烏黑濃茶氣味腥臭，但她胃痛到了極點，只得大口大口喝下，還沒喝完，就感到再也忍受不了，咕嚕一聲又全嘔了出來，這一吐便吐個沒完，還吐出一些稀奇古怪的碎渣。

何芹又乾嘔了一陣，覺得舒服了些，胃不那樣疼痛，手腳的針刺感也減弱許多，她喘著氣，抹抹嘴，對阿登表示讚許地說：「你比你師父還行……」

「師父，我替何小姐解了針降！」阿登聽了何芹讚許，有些得意。

但黃大師可不理睬他，仍然舞著拂塵，一副萬夫莫敵之勢。

「你師父他在幹嘛？」何芹吁了口氣，她先前對黃大師的恭敬已減低幾分，只覺得那幾位貴太太似乎將這大師捧得高過了頭，名過其實了些。

「請祖師爺上身，降妖除魔。」阿登一面說，一面將散落一地的符籙撿起，拍了拍交給黃大師，黃大師沒接符，直勾勾地望著阿登。

「師父，不，祖師爺，神符您用嗎？」阿登見黃大師神情有異，正覺得奇怪，便讓黃大師一把抓住了那骨折的右臂——

上了黃大師身的不是祖師爺，是那隻麻花辮小鬼。

降頭小鬼本便凶烈，黃大師剛剛刺了這小鬼一劍，小鬼便記恨上了，一見黃大師叫叫嚷嚷不知又要施什麼法，那當然二話不說找他麻煩了。

阿登劇痛之下，將手中那把符按在黃大師額頭上，雖然黃大師言過其實了些，但寫的符多少還是有些功效，這麼一大疊符蓋下去，倒也將那小鬼鎮得嘎嘎怪叫，一時之間，黃大師和阿登一個抓著對方手臂，一個按著對方額頭，僵持不下。

「何小姐……救……救命哪！」阿登痛得慘叫。

何芹雖然不知道自己在這當下能幫上什麼忙，但也無法置之不理，只得左顧右盼，自地上撿了些符想要幫忙，然而她一下地，突然又感到天旋地轉，她見到四周全是紅通通的，她眼睛當中的褐斑又快速浮現，她一雙眼睛看來污濁得嚇人——阿登調製的藥茶只將她身上的降頭壓制了幾分鐘，此時復發，更加凶烈。

「哇——」何芹覺得自己的雙腳劇痛，胃腹也劇痛，皮膚卻是奇癢無比，她撲倒在地，痛苦地滾動。

又跟著，她聽見一聲尖銳的叫喊聲，她感到自己的右腳給抓住了，身子在地上拖行，她費力抬起頭，隱約見到一個小鬼拉著她往外頭走。

「樂弟……樂弟？」何芹一點力氣也施不上來，她胃腹四肢的劇烈針刺感讓她痛不欲生。

她聽見身邊傳出巨大的碰撞聲，像是摔門的聲音，出了家門，外頭一片漆黑，整條廊道的燈光全滅了。她感到自己的身子被快速地拖行，她給拖到了安全梯，一層一層地往上拖，她的身子在階梯上拖行時自然相當難受，但和身上那千針扎刺感相比，樓梯的碰撞倒顯得小兒科了。

一分鐘後，何芹被拖上了頂樓。

天空烏雲密布，星月無光，風呼呼地吹，突如其來的冷冽感讓何芹稍稍回神，她發現自己整個人伏在頂樓圍牆邊緣，且雙腳漸漸離地，她從十多層樓高處向下望，底下是冷清的防火小巷，一個人也沒有。

她雙臂直直高舉，跟著整個人又往前好幾吋——她讓小鬼抓著向牆外拖拉，她整個人也從胸肋處抵著牆沿，變成了腰際處抵著牆沿，只要小鬼再施力拉扯幾下，她身子掛在牆外再更多些，整個人便會翻過牆面墜樓了。

但何芹的身子並未繼續往外，樂弟在她身後現出，拉著她雙腳踝，又將她拉回了圍牆內，樂弟這一拉將何芹整個人拉摔在地，自然是痛極了，但摔在頂樓地面比摔在一樓地面要好上太多了。

何芹意識恍惚，隱約聽見淒絕的尖叫此起彼落，隱約見到兩個小孩身影時而纏扭在一塊兒，又時而緊緊追逐。

當兩個小鬼最後一次纏扭在一塊時，那陌生小鬼似乎佔了上風，將樂弟壓倒在地，小鬼狠狠地啃咬著樂弟的脖子，但下一刻，樂弟的手從小鬼的後背穿了出來，那小鬼呀呀叫了幾聲，身子癱軟倒下，漸漸地隱沒消失。

樂弟搖搖晃晃地站起，歪歪扭扭地朝著何芹走來，何芹恍惚之中見到他低著頭，從遠走至近，身形還是小小一個，他身形外觀便只是一個三、四歲大的男孩。

樂弟在何芹身邊蹲下，歪著頭看了半晌，伸出手指在何芹肚子上刺了幾下，又在何芹的肩膀上——方才讓那小鬼咬著的傷處點了幾下，像是在確認什麼一般，跟著，樂弟轉身消失。

此時的何芹幾乎要失去意識，似乎過了很久，又似乎只過了幾分鐘，樂弟又回來了，他手上拿著不知是什麼東西，烏漆抹黑，樂弟再次在何芹身前蹲下，將那一團又黑又黏，且瀰漫著怪異臭味的東西，一點一點地往何芹嘴巴裡塞。

何芹讓這怪味燻得反胃欲嘔，但她連嘔吐的力氣都沒有，她的胃腸被針刺降術折磨得連反射本能都幾乎要麻痺了。樂弟連咀嚼的時間都不留給她，不停地將手上那一大團怪東西塞進了她嘴巴裡。

07 醜陋的眞實

思賢揭開壁櫥門後，在那堆奇異器具當中翻看幾只小瓷像，像是在確認每一只的身分。他選中一尊小瓷像，對著瓷像拜了幾拜，跟著嘴裡喃喃唸了些咒語，低聲問：「你是阿達？」

「是。」小瓷像發出了孩童語調的應答聲。

「幫大哥一個忙，把房間裡的飛蛾趕出去，我買新玩具給你。」思賢這麼說。

「好。」小瓷像又應了一聲。

思賢將小瓷像放在床鋪上，跟著倚靠在衣櫥前，交叉著手抱在胸前，等著看小瓷像表演。

「思賢、思賢……好了沒？我好想你……」樂婷敲著門，問著。

「快好了，我趕跑一隻了，還有兩隻，快好了。我也想妳。」思賢高聲回答。

「嗯！我會等，我好愛你！」樂婷的聲音聽來十分認眞。

「我也愛妳。」思賢應答，跟著嘿嘿一笑，低聲呢喃自語：「眞纏人，愛情降的效力比我想像中還強……看來以後我會很忙。」

就在思賢呢喃自語的同時，床上那小瓷像突然動了，一個小影倏地竄出，動作極快，一把一隻，抓住了那些飛蛾，將牠們通通扔到了窗外，思賢跟上，將窗戶關上，得意地說：「電燈泡走囉。」他將小瓷像收回了壁櫥，又將衣服撥回原本位置，關上衣櫥，打開房門。

「呃？」思賢愣了愣，見到門外樂婷正揮手驅趕著三隻飛蛾。

樂婷一見思賢開門，又竄到了思賢懷裡，像隻小貓般地撒嬌，說：「好討厭喔，你家飛蛾好多……」

「妳討厭我？」思賢問。

「不不不！」樂婷說：「我是說飛蛾討厭啦！」

「真的很討厭沒錯。」思賢瞪著那三隻飛蛾，看著外觀大小似乎就是被小鬼扔出窗的那三隻，怎麼能飛那麼快，立時從其他窗戶飛回他的新家——秀惠替他繳了頭期款所購買的新家。

他將樂婷摟回臥房，關上門，再次將樂婷放回床上，說：「牠們進不來了。」

「嗯。」樂婷大力點頭，再一次地感到要接受天神的恩澤了。

但飛蛾依然比天神更快，又落在樂婷的臉上。

「呀——」樂婷尖叫。

「操！搞什麼——」思賢憤怒地罵。

樂婷讓思賢這聲怒罵嚇著，她一面抹著臉一面道歉：「對不起、對不起，我怕蟲子……」

「傻瓜，我不是罵妳，我是罵那隻欺負我的寶貝的臭飛蛾……」思賢愣了愣，他在樂婷面前一直保持優雅紳士風度，從沒口出惡言，不過他轉念一想，無所謂，對此時的樂婷而言，別說對飛蛾口出惡言，就算是對她本人拳打腳踢、將她推入火坑、將她脫光踢到街上，她都會死心塌地地愛著自己，事實上在認識秀惠之前的思賢，就已經具備這樣的本領了。

何況是學會降頭之後的思賢。

當然是秀惠教他的。

「嗯，我知道你捨不得我……」樂婷對思賢的解釋感到很窩心，她試著不去介意那討人厭的飛蛾，但是當討人厭的飛蛾一共五隻同時往她臉上飛來時，她還是啊地扭身閃避，即便是思賢也讓這群飛蛾嚇得往後一退，他憤然低聲唾罵，帶著樂婷出了房，氣呼呼地暗自盤算乾脆轉移陣地在客廳和樂婷親熱，抑或是再次關門請小鬼殺光這些飛蛾。

但他還未做出決定，門鈴聲已經響了起來，十分急促，顯然有個人按個不停。他替樂婷倒了杯水，這才來到門前，透過門上窺視孔向外看，只見到兩個女孩一個按著門鈴，一個挽起袖子碰碰碰地敲起了門，還扯著喉嚨喊：「姊姊、姊姊！」

「啊！」樂婷聽見了小穎在門外的叫喚，本來炙熱火燙的心像是給人當頭澆下一桶冰水一般震撼，讓她有些清醒，趕緊將讓思賢解開了的釦子一一扣上，撥了撥頭髮來到門前，和思賢對望了一眼。

「妳和妳妹妹講我家的地址？」思賢皺著眉頭問，眼神中有些不滿。

「沒有……沒有……」樂婷連忙搖頭：「我也是今晚才知道你家啊……」

「啊，姊姊！我聽見妳在講話！」小穎在門外喊得更大聲了。莉莉也幫腔喊：「姊姊，麗芳阿姨出車禍了！妳快開門，我們沒地方去，媽媽沒來接我們——」

「思賢，讓我妹進來坐一下好嗎？」樂婷哀求地問。

「姊姊，妳是不是跟思賢哥在一起？你們在幹嘛？」小穎拍著門問。

「思賢哥，你家有沒有Wii？」莉莉也拍著門問。

「思賢哥，快開門！」小穎大力拍著門。

「……」思賢莫可奈何，他可不想讓左鄰右舍聽見他門外兩個小女孩的叫喊紛爭。於是他替小穎和莉莉開了門，勉強擠出一絲微笑，問：「妳們怎麼找來我家的啊？」

「你很遜耶，你不知道現在的手機有衛星定位功能喔！」小穎跟莉莉衝進了思賢家，興奮叫嚷著。

「喂，到人家家裡要有禮貌！」樂婷板起臉，責備起兩個妹妹。

「嗯，妳們想吃什麼東西？我家有很多零食。」思賢笑著問。

「臭豆腐。」「蚵仔煎。」小穎和莉莉分別答，小穎補充：「思賢哥，你家樓下巷子外面那家臭豆腐很香，我想吃。你買給我們吃好不好？」

莉莉則在思賢電視櫃中發現了電視遊樂器，她喊著：「有Wii耶！來玩、來玩！」

「妳們怎麼不自己買？」樂婷對兩個妹妹的無禮感到十分窘迫。

「我們身上沒帶錢啊！」小穎理直氣壯地回答。

「吃零食好了，我拿給妳們吃。」思賢轉身上廚房從櫥櫃取了些零食出來，他的廚房流理櫃裡，也是擺著成堆的零食，當然不是他自己要吃的，那些都是供品。

他開了幾包零食，又開冰箱取出果汁倒了兩杯，一同端出客廳，只見到小穎和莉莉已經自作主張地將他的電視遊樂器取出來玩，一旁的樂婷似乎想要阻止，但她不願在思賢面前大呼小叫，因此也只能窘迫地不知該如何是好。

「沒關係，一起玩啊。」思賢將零食飲料放上桌。

碰的一聲，小穎手中的Wii搖桿倏地脫手飛出，越過那電漿電視，砸在牆壁上又彈落下地。

「啊！對不起，太大力了！」小穎吐了吐舌頭，將那搖桿拾起，拍了兩下說：「沒壞，繼續玩！」

「喂，道歉！」樂婷氣呼呼地說。

「我有道歉啊！」小穎說。同時莉莉手上的搖桿也脫手飛出，打在思賢剛放上桌的飲料杯，將果汁灑了一桌都是。她驚叫一聲，說：「思賢哥對不起。」

「快拿衛生紙來擦！」樂婷急得團團轉。

「好，我去廁所拿衛生紙。」小穎這麼說，轉身便往廁所去，莉莉也跟在後頭說：「我來幫忙。」

「對不起，思賢，我兩個妹妹實在……」樂婷一面拿著桌上的抽取衛生紙擦拭翻倒的果汁，一面道著歉。

思賢勉強擠出笑容，說：「沒關係，小孩子皮一點很可愛……」

跟著思賢和樂婷覺得小穎和莉莉也去太久了，便跟了上去，卻發現她們根本不在廁所，而是在書房四處玩賞。

「思賢哥都看哪些書啊？」小穎認眞地翻看思賢的書櫃，自顧自地說：「有沒有偷藏色情書？」莉莉則捧起一只法拉利模型，說：「好漂亮的車子喔……」

「不要亂碰人家東西，快放下！」樂婷斥責。

「啊……」莉莉手一鬆，那模型落下地。同時，小穎也撞倒了書桌上一具看來頗爲昂貴的檯燈。

「妳們不要來搞破壞！」樂婷終於爆發怒吼。「快給我滾回家！」

「姊姊，對不起……」莉莉低頭道歉，趕忙撿起模型。小穎則低身撿起檯燈，看了看燈泡，說：「沒破。」

「……」思賢從莉莉手中接過那法拉利模型，看了看說：「這模型很堅固，沒摔壞，嗯……有一點掉漆，沒關係啦……」他有些笑不出來了。

「吳樂穎、吳樂莉，妳們趕快給我回家聽到沒！」樂婷氣憤地說。

「可是我們還沒有吃晚飯……」莉莉垂著頭說，摀著肚子。「我想吃蚵仔煎。」小穎也說：「對啊，思賢哥你去買啦，我們吃飽了就會乖乖地回家了，我們只是來看看姊姊的男朋友帥不帥而已。很帥很帥。」

「嗯，好，我換個衣服，去買給妳們吃。」思賢笑著說。

「我……我去買好了，不能麻煩你。」樂婷歉疚地說。

「我們一起去，散散步也好，我想要跟妳獨處。」思賢摟了摟樂婷的肩。

「嗯。」樂婷點點頭，她覺得思賢人好好。

思賢進了臥房，反鎖房門，打開衣櫥，換了套運動服，跟著他又打開了衣櫥後頭的壁櫥，取出了兩只小瓷像，問：「阿達？阿美？」

「是——」兩只瓷像一齊回答。

「替哥哥做點事，哥哥買新玩具、新衣服給你們。」思賢低聲說。

「好。」兩只瓷像答。

「等哥哥和女朋友出去，你們上外面兩個女生的身，帶她們離開我家，記得去找管理員講講話，證明她們確實離開我家。然後到馬路上，找個開得快的車子，嗯，撞上去。」思賢這麼說，跟著還補充：「事情做完之後，去看看阿花跟阿土事情做得怎麼樣了，回來跟哥哥報告。」

「好。」兩只瓷像答。

思賢吩咐完畢，將瓷像收妥之後，出了房門，見到小穎和莉莉乖乖地坐在沙發上打電動，便上前和她們微笑寒暄了兩句，跟著牽著樂婷出門。

「……唉，我有點擔心把她們兩個放在你家，不曉得會不會又開始作怪。」樂婷在電梯前，還望著思賢家門。

「放心，妳兩個妹妹很可愛，沒事的。」思賢笑著說，牽著樂婷進了電梯。

□

「走了嗎？」莉莉在小穎身後問。

小穎將門拉開了一條縫，確定思賢和樂婷進了電梯，便又將門關上，想了想，還將門鎖也給鎖上，跟著，她和莉莉對望一眼，兩人露出一抹狡詐的笑容，齊聲喊：「殺啊——」

小穎大喊著衝向客廳桌處，拿起遊樂器的搖桿，猛地一揮，正中電漿電視的寬大螢幕，她歡呼一聲，說：「對嘛，這樣才對，剛剛怎麼沒打中啊！」

「我也要！」莉莉也拿著搖桿擲向電漿電視，但她力氣較小，沒辦法像小穎那樣將電漿電視擊出一個明顯的破痕。

「啊，不夠啦！」小穎索性將整台電視遊樂器拿起，狠狠地砸在電視機上。

莉莉笑著拍手說：「二姊妳好過分。」

「這哪叫過分！」小穎哈哈笑著，連桌子也給掀翻了，她在客廳跑著繞圈，跟著打開冰箱，將裡頭食物亂丟，將零食扯開撒了一地，她發現有她愛吃的可樂果，正要揭開來吃，便被莉莉阻止了。莉莉說：「妳忘了婆婆說不能吃他家的東西嗎？」

「對喔我差點忘了，這壞蛋會下毒。」小穎哼哼地扔下零食，跑去廚房，將碗盤砸了個稀爛。

莉莉則跑進了思賢書房，拉開每一格抽屜翻找，她在一個不起眼的小盒子裡發現了一些金飾、戒指，她驚喜地喊：「二姊，妳來看，這是秀惠阿姨的戒指耶。」

小穎奔入書房，看了幾眼，點點頭說：「沒錯，這是秀惠阿姨的戒指，妳看戒指底下有秀惠阿姨的英文名字。」她氣憤地跺腳說：「婆婆說的沒錯，這壞蛋害死秀惠阿姨，現在又想來騙大姊，他想害死媽媽，這樣媽媽的錢就變成大姊的了，然後又會被那個壞蛋騙光光。」

莉莉將那盒首飾放回原位，說：「婆婆要我們找的不是這些東西，她說是一些小人偶。」

「是不是這個？」小穎指著一座書櫃當中擺著的一些模型公仔。

「不是，妳忘了婆婆說是陶瓷的，還有一些像是廟裡拜拜用的東西。」莉莉提醒。

「啊！把他家翻過來也要找到啦！」小穎怪叫著，將思賢書櫃裡的書全翻在地上，或是順手撕毀，跟著又將思賢的電腦也給砸得稀爛，用那台據說很堅固的法拉利模型當作凶器，敲爛了電腦螢幕。

她們只花了短短幾分鐘，便將思賢精心布置的書房摧毀了。

跟著她們殺進思賢的臥房，展開第二戰場，用法拉利模型敲破了臥房中的小電視、敲破了床頭燈、扯下了窗簾。

莉莉打開了衣櫥，將裡頭一件一件衣服全扔在床上，小穎拿著剪刀將那些昂貴衣服剪得破破爛爛，但思賢的衣服還眞不少，小穎便抱著一堆衣服，全塞進馬桶，馬桶塞不下，便扔進廚房流理台，跟著淋上醬油和烏醋。

「姊姊，我找到了！」莉莉尖叫，她清空了衣櫥之後，發現了擺在衣櫥角落的兩尊瓷像。

「裝進來！」小穎將那兩尊瓷像裝進了自己的提袋裡，想了想說：「婆婆說有好幾個，怎麼才兩個？」

「不知道，衣櫥裡面只有兩個。」莉莉並沒有發現衣櫥之中還暗藏玄機。

「看看枕頭裡面有沒有。」小穎拿著從廚房取出的水果刀，割開了思賢的枕頭，又割爛了他的床和棉被，仍然找不到其他的小瓷像。

本來掛在牆上的幾隻飛蛾，振著翅膀在小穎和莉莉面前繞了幾個圈圈，跟著飛進了衣櫥，停在那壁櫥門上。

「啊，原來裡面還有個門！好賤！」小穎尖喊著，跟著她搧了搧，將飛蛾驅開，揭開了那壁櫥拉門，將裡頭的東西全拿了出來，一一檢視，裝入提袋中。

「啊，婆婆要我們找的好像是這個耶。」莉莉檢視袋子當中的東西，發現一個小木盒，上頭刻著「林秀惠」三個字，木盒還用一些粗黑線纏繞了好幾圈。

「啊，壞蛋回來了。」莉莉望著幾隻飛蛾飛過面前，在牆上排成了一直線。她緊張地將這些降頭法器全收進了袋子裡。

「怕什麼，我看到他非揍他兩拳不可。」小穎哼哼地說。

「東西找到了，走了啦，剛好把大姊帶回家，不然大姊抓狂，妳難道要打大姊？」莉莉拉著小穎，奔至客廳，穿上鞋子，開門出房。

「啊，大姊，思賢哥。」小穎和莉莉在電梯門前見到了返回的思賢和樂婷。

思賢有些詫異，他愣了愣問：「妳們……怎麼？」

「時間太晚了，我們要走了。」莉莉低著頭答。

「大姊跟我們一起走吧。」小穎這麼說，跟著拉住樂婷的手腕。

「咦，妳要思賢買東西回來，但是還沒吃就要走，要我們喔？」樂婷惱怒地撥開了小穎的手。

「麗芳阿姨出車禍住院耶，我們把宵夜拿去看她好了。」小穎邊說，邊奪下了思賢手上的食物袋子，拉著樂婷就要進電梯。

樂婷甩開了小穎的手，生氣地說：「妳們自己回去，我還有事要跟思賢說。」

莉莉哇的一聲抱住了樂婷，嗚嗚哭了起來。

「怎麼了？」樂婷愣了愣，問。

「大姊……妳不跟我們去醫院，就再也見不到麗芳阿姨了……」小穎嘟著嘴說。

「什麼？有這麼嚴重？」樂婷深深吸了口氣，感到一陣天旋地轉，難以置信，她說：「我看妳們活蹦亂跳，我以爲只是個小擦撞，我以爲沒有那麼嚴重……」

「大姊，麗芳阿姨這次是幫我們家的忙才出事的，妳不去見她最後一面，這樣很壞，媽一直在找妳……」小穎幽幽地說。

「……」樂婷低下頭，神情黯然，跟著對思賢說：「思賢，我得去醫院探望我媽的朋友，我們下次再約。」

「嗯……」思賢點點頭，表示無所謂，攤攤手說：「好吧，我們下次再約。」若是按照思賢慣用的泡妞態度，他應該送她們姊妹下樓，甚至是送她們去醫院，但此時已無必要，一來他已知道了愛情降的效力強大，樂婷已然是到了口的羊肉，隨時吃得到；二來他有些困惑，他在出門前跟降頭小鬼下了指示，但小鬼似乎沒有完成他的吩咐，他得弄清楚是怎麼一回事。

他和秀惠學習降頭也只是短短幾個月的時間，儘管他比秀惠聰明太多，學習得也快，但論整體功力，自然是不如修練數年的秀惠，且大多時間當中，這些降頭小鬼都擺在秀惠那兒，思賢眞正完全自己掌控演練，也不過是這一兩個月的事。降頭小鬼時而出錯，並不稀奇，例如他派了阿花和阿土潛伏在樂婷家中，伺機對何芹等人下降，便是一波三折，據阿花和阿土的回報，有個不受控制的路皮小鬼，反叛了藏匿在何芹家中與他們作對，他們下了降，那反叛小鬼便找機會替她們解降。

思賢對樂弟所知不多，儘管秀惠在世時，對這個俊帥年輕的小男友呵護備至，大多事情都會和他分享，但樂弟的事情始末終究關係到她摯友何芹的個人隱私，因此秀惠並沒有對思賢提及太多關於樂弟的事，思賢只知道這隻路皮小鬼原本屬於何芹，十分強悍，因此他吩咐阿土和阿花行動時，總也不敢將自己擁有的幾隻小鬼一口氣全派出去，若是樂弟找上門來，他可應付不來。

他取出鑰匙開門，進了屋，見到屋中慘況，當下還沒有意會到是小穎和莉莉幹的好事，只當是樂弟殺來了，他緊張地抓緊了胸前衣服底下兩塊降頭神牌，一塊是秀惠在世時特地煉製給他的護身符，另一塊是秀惠自己專屬的護身符，兩塊降頭神牌都有強大的法力加持，尋常野鬼近不了身。

「阿達、阿美……」思賢嚥著口水，巡視家中，他見到他的電漿電視給砸出好幾個碎痕，不免心痛，跟著他見到書房之中狼藉一片，抽屜全給翻倒，他見到他的存摺、保單等一些重要文件全給剪得稀爛，不由得心中一凜，這不像是降頭小鬼的行徑，雖然小鬼玩性也重，但通常常識不足，除非受了詳盡的指示，否則並不會專門針對存摺或是保單這類文件進行破壞，他又想起了小穎和莉莉先前的行徑，不由得火冒三丈，他知道應當是那兩個傢伙幹的好事。

然而當他這麼想時，不免有些心虛，畢竟一般小孩惡作劇也有個限度，小穎和莉莉會破壞到這種程度，顯然一來有恃無恐，二來有充分的理由——難道自己的盤算被揭穿了？

思賢又氣又惱，又是慌亂，他來到了臥房，發現衣櫥也給打開，趕忙檢視，果然，裡頭的壁櫥也給掀了，東西全沒了。

「操——」思賢憤然怒吼，他這才想起方才莉莉和小穎離去時，揹著的那個提袋明顯鼓脹許多，他本以爲裡頭裝著他家的零食什麼的，他可不在乎，但現在想來，這小姊妹竟然如此心機深重，用這種辦法來反將他一軍。

思賢衝出了房，重重甩上門，連連按著電梯下樓鍵，他一定得將那些東西取回，那是他寶貴的財產，是能夠讓他飛黃騰達的寶物，他和秀惠學習降頭數月，大都只學會了操使之術、供養儀式，若沒了現成道具和修煉有成的小鬼可供驅使，重頭煉起要花上好幾年的時間，他可等不了這麼久。

等了半晌，電梯始終停在這兒的樓上兩層，怎麼也不往下，思賢氣得搥了電梯門一拳，轉身趕往救生梯奔去，他只奔了半樓，剛剛轉圈要繼續向下衝，便見到一個傴僂老太婆緩緩地往上走。

此時的他也顧不了禮貌，一點也沒有要放慢速度或是停下腳步讓老太婆先過的意思，而是側著身子想要硬擠過這條狹窄的樓梯，但就在他要和老太婆擦肩而過的瞬間，老太婆突然向他靠來，且還朝他露齒一笑。

思賢愣了愣，同時感到自己的肩膀結實撞著了那老太婆的下巴，那老太婆站定身子，回頭望著思賢，沒說什麼。

思賢又奔下好幾層的安全梯，最後終於來到地下一樓停車場，他乘上自己的車，抓了抓肩膀，發動引擎，急急駛出這社區大廈停車場，他駛上大街，一面抓了抓肩膀，一面撥打樂婷手機，心想只要樂婷接聽電話，他就能叫她掉頭，或者叫她將妹妹的袋子奪下。

「死小鬼，到底是受了誰的指示！」思賢恨恨地唾罵，心想肯定是她們母親何芹，他想秀惠既幫何芹供了一隻小鬼，那必然也曾指點過她三兩下降頭反制的要訣，或許何芹已經猜到了他的想法，事實上他的想法也並不希罕，不過想要讓樂婷成爲鉅額保險受益人和遺產繼承人，然後再歸屬於自己而已，屆時他有一千種手段能讓樂婷心甘情願地將擁有的財產放入他的口袋。

「可惡、可惡……就不要讓我把東西拿回來，可惡，兩個死小孩，我……我要妳們死得很慘……」思賢這麼想時，突然湧起一股邪惡的念頭，回想若是不論小穎在他家的惡搞行徑，也算是個青春可愛的小正妹了，只要他再弄一個愛情降，說不定還可以來個姊妹通吃……

他這麼想的時候，忍不住呵呵笑了出來，跟著又抓了抓肩膀。

他的肩膀好癢。

「嘖……」思賢騰出右手操作方向盤，用左手抓著右肩，那怪異的癢，比起叮人最癢的蚊子咬出的腫包還要癢了十倍以上。他先是隔著衣服搵抓，跟著將手伸進領口抓扒，越抓越癢，這已讓他無法專心駕車，他將車停在路邊，打開車廂燈，拉低領口，看了看肩，那痕癢之處浮凸起一大片腫塊，表面呈現紫紅色。

「這……什麼？」思賢愕然，但那奇癢卻愈加猛烈，他忍不住不停抓著，隨著他的搵抓，那浮凸腫塊的面積似乎有擴大的跡象。

「這什麼？降頭？降頭？我中了降頭？」思賢驚恐萬分，總算意識到自己可能中了降頭，他自胸口掏出那兩塊護身神牌，按著肩上那浮凸腫塊，喃唸起秀惠教他的護身咒語，那腫塊才不再繼續擴大，慢慢地消退。

但緊跟著，他的左手上臂處，又生起另一種感覺，那是一種難以言喻的感覺，像是有東西在他的手臂裡「流竄」，他連忙捲起袖子，見到自己胳臂上的血管突起，有些細小條狀的黑影在他的血管中游動。他又趕忙將降頭神牌壓在他手臂上唸起護身咒，這才漸漸將那些黑影化去，浮凸的血管也逐漸恢復正常。

又緊跟著，他覺得自己的臉上滋滋痲癢，和蚊蟲叮咬的癢不同，那是一種怪異的蠕動感，他看見後視鏡中自己臉上皮膚竟長滿了一個又一個有如青春痘一般的腫包，有些較大的腫包還微微蠕動著，跟著破出，淌出了黃白膿汁和細小的蛆蟲。

「哇、哇！」思賢駭然大驚，連忙將神牌再放上自己俊俏的臉上施咒。

跟著讓他更加駭然的是，他感到自己的褲襠裡有種怪異的感覺，跟著是劇烈的刺痛，他大叫著解開了褲子。一條紫紅色的巨大蜈蚣，蜷伏在他的命根子上，且狠狠咬住他的命根子。

「哇！呀！」他奮力去抓扯蜈蚣，手被咬了數口，這才將蜈蚣扯落，他見到自己的命根子變成了紫色，被蜈蚣噬咬的傷口流出了五顏六色的膿汁，且漸漸地發爛。

「救命呀！」思賢幾乎崩潰，他的臉又開始腫痛破出蛆蟲，他肩頭上的癢包變得和肉包子一樣大，他左臂的血管又開始浮凸隆起，且擴散到了他整個左上半身。

「救命！救命！」思賢哀嚎吼叫著，伸手要開車門，卻發現車門怎麼也開不了，跟著，他更發現，四周陰森漆黑，這兒並不是大馬路上，而是那地下停車場，他根本沒有將車子駛出。

在車子正前方，站著一個老太婆。剛剛那個老太婆。

「什麼人，妳什麼人！」思賢尖聲哀嚎，他發現自己的頭髮像是下雨一樣地落了下來，他的頭皮發出了和肩膀一樣的怪異癢感。

那老太婆微微駝背，手上抓著一塊小神牌，口裡喃喃不知唸著什麼，神情冷然。

思賢完全不認得這老太婆，他本來應該認得的，只要他晚個幾天對秀惠下手，秀惠就會在那個早已計畫好的假日，帶著他南下，去見這個自己最親的姨婆，接受姨婆對他們的祝福，包括精神上的祝福，和實際法術上的加持，若思賢知道秀惠有個厲害的姨婆，或許會打消他原本的計畫。

但思賢在這之前，就等不及地動手了。

他在某次與秀惠出遊共進晚餐結束道別時，將一些能讓人昏睡的降術藥粉摻入了秀惠的咖啡裡，這是他謊稱自己有失眠的困擾，向秀惠學會調製的藥粉。

秀惠便這麼在駕車駛上高速公路途中，突然地睡了，且不再醒來。

秀惠或許到死，都不知道自己是怎麼死的，她太善良了，她太信任她的阿岳——那個時候的思賢，使用「阿岳」這個名字。秀惠將自己所擁有的全部，都和她的阿岳分享。她的阿岳缺錢花用，她便替他的戶頭存入大筆零用金；她的阿岳因爲沒有一輛車而感到悶悶不樂時，她便替她的阿岳購入一台車；她的阿岳住在廉價的租賃套房裡，她便替她的阿岳購入了高級社區大廈裡其中一戶。她對他一點防備也沒有，甚至在思賢聲稱自己的降頭神牌搞丟了的時候，她將自己的護身神牌讓給思賢戴，準備自己再煉製新的神牌。

自然，秀惠手頭寬裕，但沒有那麼寬裕，很快地，思賢覺得自己的車子不夠氣派，覺得自己的新房比不上影視明星那動輒上億的豪宅，秀惠也僅僅替他繳了數百萬的頭期款而已，而他也厭煩了每次錢花完後，便要找藉口和秀惠要錢，儘管他一張口便幾乎等於有著愛情降的效力，他一開始和秀惠在一起，目的便只是秀惠的財產，當他發現自己在學會了降頭之後，似乎可以擁有比自己的外表和調情口才更爲強大百倍的武器之時，秀惠這個年華逐漸老去的女人，對他而言所剩下的最後一丁點價值，便蕩然無存了。

其實他只要和秀惠提出分手就行了，但他覺得那樣一來秀惠或許會利用降頭對他進行報復，斬草除根，他想要一勞永逸，永遠地除去這個心頭大患。

於是他便想出了那麼一個歹毒的辦法，和秀惠永遠地分離。

跟著，有如吸血蛭蟲般的他，得開始找下一個宿主，否則他的存款很快地就會花完，他新家的分期付款也付不出來了，雖然他即便不使用降術，也能輕易地釣上女人，但釣一般的女人和釣很有錢的人，那難度又是大大不同，即便是以往的他，要釣上秀惠這樣的活動金庫也不是一件容易的事，於是他很快地鎖定一個先前便已計畫好的對象——何芹。

他知道何芹和秀惠差不多有錢，且比秀惠條件更佳的一點在於何芹有三個女兒。他只要轉而對何芹的女兒下手，那難度便又更低了些，且他不會覺得委屈了自己。

於是他將目標鎖定在樂婷身上，他本可以直截了當地對樂婷展開攻勢，或者是製造機會對樂婷施展降術，但他對何芹有所顧忌，他預設何芹也懂得些降頭皮毛，秀惠剛死不久，何芹或許會有所猜忌，他得謹慎些，因而他採用了較爲迂迴的方式，在網路上和樂婷相識，再憑藉著自己的調情手段，順利地擄獲了樂婷的心，跟著他等不及了，讓樂婷愛上他和讓樂婷做他的奴隸終究不一樣，他的存款快要耗盡了，他得將整個計畫快速地付諸實行，於是他在自然求愛行動上，再配合超自然的力量——降頭。

他在與樂婷搭訕的階段裡，同時也派出降頭小鬼暗中調查，潛入何芹家中，試探性地對莉莉下了降，莉莉一病不起，這讓他知道何芹不會解降，甚至對降術一無所知，他決定發動全面攻勢，一面試著引誘樂婷見面，對樂婷施展愛情降，一面準備除去樂婷其他家人，讓樂婷成爲何芹全部財產的唯一繼承人。

在他發動全面猛攻的同時，出現了小小的阻礙，有一個在秀惠死後便失聯了的小鬼不受控制，且在何芹家中擔任起護衛，屢屢破壞他派小鬼對莉莉和小穎施下的毒降。

但攻勢一旦發動，便無法收手，且他戶頭裡的存款只夠讓他繼續揮霍一個月，他得立時攻城掠地取得戰果。只要何芹一死，他可以立時成爲身中雙重愛情降的樂婷實質上的伴侶，和樂婷共享全部的財產，進而再獲得財產的全部。

計畫進行得很順利，這兩天就是收成的時候，何芹會在降發時死去，診斷不出死因，那便是順理成章的過勞死，他知道何芹每晚工作到極晚。小穎和莉莉則沒有太大難度，他隨時可以找各種機會取走她們性命，今天的車禍只是機會之一，剛剛的囑咐是機會之二。但都失敗了，爲什麼？

答案就在他的眼前，但他還是不明白。

他不知道眼前那老太婆到底是從哪裡冒出來的。

「啊……啊啊……」思賢感到喉頭出現一種恐怖的爬動感，他只有兩塊降頭神牌，但他身上有十數個地方出現了異狀，他的腳底像是讓千根針扎刺、他的腋下火燒一般的疼、他的耳朵有蟲在爬、他的胃鼓脹難受、他的全身皮膚發癢發疼，而現在他喉嚨的爬動感已經抵達了他的口腔，他哇的一聲，吐出了一個東西，那是隻長滿長毛、五色斑爛的大蜘蛛。

跟著，他覺得喉間的爬動感不但沒有減少，且還越來越強烈，他嘔出了大大小小的蜘蛛。

他哀嚎著、哭叫著，敲打著車窗、亂按喇叭、用腦袋撞擊椅背，從駕駛座翻到一旁座位，這些無意義的舉動一點也無法減輕他的痛苦。

跟著他一愣，他從後視鏡裡見到後座有一個熟悉的身影——秀惠。

秀惠用一種陌生而冷峻的神情望著他。

「啊……啊啊……對不起……我錯了……秀惠我錯了……我錯了……」思賢感到極度驚恐，雖然他在秀惠死後，使用降術將秀惠的魂禁錮在一只小木盒中，貼上符籙封條，以絕後患。但那小木盒在不久之前被小穎和莉莉偷走了。

秀惠伸出手，摘下了思賢胸口上戴著的兩條降頭神牌，打開車門，走到了那老太婆身旁，憂傷地垂下頭。

老太婆撫了撫秀惠的手，和秀惠一同轉身離去。

「呀——啊——」思賢見到開啓的車門，嘶吼著要鑽至後座，但他失去了護身降頭神牌，身上的降術猛地爆發蔓延，互相擴散覆蓋，他連掙扎的力氣都失去了，甚至沒能夠完全地鑽至後座，他卡在座位之間，各式各樣的痛苦感覺在他身上流竄轟擊。他看見兩個小鬼伏在車窗外望著他，是阿達和阿美，那兩個沒有依照他指令附上小穎和莉莉身的小鬼。

他嘶啞地求救：「救我……買玩具給你們……救我……」

阿達和阿美甚至沒有回應他，他們是秀惠的姨婆長年煉出來的小鬼，大主人下的命令，當然要優先聽從，他們等候著「拘提」思賢。

但很稀奇的是，儘管思賢身上滿目瘡痍，但意識依然相當清醒，兩個小鬼互望了一眼，知道還得等上好一段時間。

一陣又一陣低沉的慘呼聲迴盪在漆黑的地下室裡。

08 夜風中的鞦韆

「嘔——嘔嘔——」何芹大口大口地嘔吐，她覺得自己幾乎要連胃都給吐出來了。

跟著，她發現自己並不是身處在頂樓，而是蹲在偌大中庭一處偏僻花圃旁，她愣了愣，頭腦清晰了些，她不太記得自己是怎麼走來這兒的，她搖搖晃晃地站起，覺得腳底不痛了，胃也不痛了，眼前的景象也清晰許多，想來是眼睛裡的斑點褪去了，她喘著氣，環顧四周，這社區大廈住戶不算太多，入夜之後中庭十分冷清。

一隻傷痕累累的小手握住了她的小指。

「樂弟！」何芹嚇了一跳，一見是樂弟，安心了些。「樂弟，是你……你救了媽咪嗎？」

樂弟低著頭，並沒有回答，而是拉著何芹往前走，他們來到了中庭裡遊樂設施的鞦韆前。

「樂弟想盪鞦韆嗎？」何芹見樂弟默默無語地正對著鞦韆，便拉了拉樂弟，說：「來，上來，媽咪推你。」

但樂弟低頭站定不動，何芹便自個兒坐上鞦韆，向樂弟伸出雙手說：「再不然媽咪抱。」

樂弟的頭垂得更低了，向前走了兩步，爬上何芹的腿，將頭埋在何芹懷中。

「樂弟怎麼不給媽咪看？」何芹見樂弟雙臂脖頸的傷口慘烈到像是從拒馬當中擠過一般，

密密麻麻的全是抓傷咬傷。

「醜……」樂弟發出了童音，他終於開口：「阿姊打我……阿哥咬我……我咬他們……跟他們打架……殺……他們……他們要殺媽咪……我殺他們……殺死他們……」

何芹這才知道，先前夢境裡樂弟口中的「姊」，指的是那麻花辮的降頭小鬼，這些日子，樂弟始終在家中守護著她們母女四人，和兩個降頭小鬼沒日沒夜地追逐打鬥，打到……那個原本有著濃眉大眼的漂亮孩子，不敢將毀了容的臉抬起讓母親望上一眼。

「樂弟不醜……樂弟不醜……」何芹流下眼淚，想要托起樂弟的臉蛋，但樂弟抱得死緊，不肯讓何芹看他的臉，鞦韆隨著夜風晃動了起來。

□

「氣死我了，氣死我了！」樂婷將思賢和秀惠的照片撕了個粉碎，憤然大罵。「賤人、爛人、不要臉！」當時在電梯前，莉莉那樣一抱，將婆婆給她們的一塊小符，貼在樂婷的背後，那便解去了樂婷身上的愛情降——暗藏在那條「婷」字項鍊裡頭。

樂婷恍如大夢初醒，又見到小穎遞給她的一張照片，正是思賢和秀惠的親密合照，照片自然也是婆婆給她們的。

「妳們只砸他電視？怎麼沒放火燒掉他的家？」樂婷在半路上大約知道了整件事情，憤怒地要計程車司機掉頭，她要去放火燒屋。但當然被小穎和莉莉阻止了。「不要啦，婆婆說會對付他。」

「妳們也真大膽，不怕他生氣揍妳們喔！」樂婷回想起不久前小穎和莉莉的行徑，不由得替她們感到擔心。

莉莉搖搖頭說：「不怕，婆婆說會暗中保護我們。」

「對啊，婆婆說會派蝴蝶保護我們。」小穎乾笑補充：「不過婆婆把飛蛾當成蝴蝶了。」

「嗯。」樂婷一想起那些飛蛾，便想起和思賢在家中調情時說過的那些話，不由得臉上一陣熱燙，跟著又是暴怒，想要去放火燒思賢的家，燒了這個奪走她初吻的雜碎。

自然，小穎和莉莉對事情完整的始末並不知道太詳細，她們只知道思賢害死了秀惠，秀惠的姨婆北上來找思賢算帳了，她們依照姨婆的吩咐，將那些偷來的降頭器物放在地下室的一角，姨婆自然會派小鬼去將之取回。

跟著樂婷也得知麗芳阿姨其實沒有生命危險，是小穎和莉莉編造出來騙她離開的謊話，但她當然也不會因此生氣了。三姊妹返回了自家社區大廈，事情還沒完，她們得讓媽媽喝下藥湯，藥材是姨婆交給她們的，小穎和莉莉身上的降，在醫院時便讓姨婆給解了，但何芹身上還帶著降。

「媽媽在盪鞦韆——」三姊妹往家裡趕去，眼尖的小穎發現何芹一個人坐在冷清的遊樂設施的鞦韆上。

她們急急地奔去之後，發現何芹涕淚縱橫，她們很久很久沒有見到媽媽哭成這樣了。

□

「何小姐……這次超渡法事，就算妳八折好了。」黃大師臉上包得亂七八糟，像是木乃伊一樣。阿登在一旁倒茶，手臂上也打了石膏。

此時距離那夜怪戰擺壇驅鬼，已過了六天，而昨天黃大師開壇擺了場法事，超渡了樂弟。那夜他師徒倆在何芹家中僵持不下，麻花辮小鬼上了黃大師的身，差點便要宰了阿登，在最後關頭，祖師爺反而上了阿登的身，這才鎮住了那小鬼，兩人雙雙力竭昏厥，讓返家的何芹和三姊妹，叫了救護車送去醫院。

何芹雖然對名過其實的黃大師感到有些失望，但總也知道他還是有那麼丁點本事，和大多數完完全全吹噓騙人的神棍又有些不同，因此還是將超渡樂弟的法事，交給黃大師來辦。

昨晚她睡得香甜，她夢見樂弟牽著她跑，跑了好遠好遠，最後笑著和她揮手道別，這讓她此時開立法事款項支票時，倒是填得心甘情願。

當然，此時她從黃大師口中聽到的那夜激戰情況，和眞實情形又有些不同。

「何小姐，那晚還好妳跑得快，後來的戰況眞是慘烈，我請了祖師爺上身，誰知道那些小鬼一隻接著一隻出來，足足有一百多隻，黃某只得奮戰到最後一刻，憑著一股邪不勝正的毅力，終於將他們全部收伏，還在妳家設下了烈火金剛陣，從此百邪不侵。」黃大師說得口沫橫飛，捲起袖子露出包著紗布的胳臂說：「妳看，這些全是那晚的傷。不過不打緊，這全是正義的代價。我黃某走這一行，就知道會有這天，替天行道總會留下一些光榮的印記。我想經過這一次，何小姐妳應該明白人處在世間，絕對要走正道，那些邪魔歪道，絕不能碰！」黃大師說到這裡時，又是一副豎眉瞪眼、正氣凜然的神貌。

「嗯。」何芹一個字也沒聽進去，隨手將塡好的支票推向黃大師。

「嘖，我可不是見錢眼開的世俗之人，這些錢，都是要拿去賑災濟民用的。」黃大師正經八百地將那支票接過，吩咐阿登擺在祖師爺神壇前，祭拜三天三夜，獲得了祖師爺的同意，才可以動用。跟著黃大師扯開了話匣子談論他要如何利用這筆錢來賑災濟民，但何芹對黃大師要怎樣動用支票一點也不感到興趣，她敷衍了幾句，匆匆離開了黃大師工作室，三姊妹還提著大包小包，在外頭等著。

今天是暑假的最後一週，她們還得趕著前往國外度假呢。

恐怖競賽

相信各位讀者朋友們若有接觸網路，大都碰過恐怖連結、嚇人程式之類的東西。什麼是恐怖連結呢？這樣的玩意兒往往夾雜在信件或是網站的討論主題當中，通常是一段莫名其妙的網址，點入後所見的是一些和預期中不同的東西，通常是恐怖的（所以名爲恐怖連結），例如斷手斷腳的死人圖，或是意外發生的一瞬間等等。

我已經忘了第一次看到這樣的圖片是什麼時候了，只記得多年前某件關於嚇人圖片的知名事件——「麥當勞女鬼」，相信許多人對這個名字還有些印象，據悉是某個學校宿舍的學生們在凌晨上網時，開啓了不明信件中夾帶的執行檔，使電腦不定時出現全螢幕的鬼臉配合巨大慘叫聲，將當時不少學生嚇得入院，猶然記得當年我在做足了心理準備的情況下點開這份有名的嚇人程式，都讓突如其來的鬼臉（其實音效佔了大部分）嚇得心臟狂跳，可想而知一個人倘若在夜深人靜且完全沒有心理準備的情況下看到這玩意兒，確實有可能被活活嚇死的。

除了影片、圖片之外，我也玩過很賤的恐怖遊戲，有「大家來找碴」找到一半轟出一張鬼臉的，也有色盲測驗測到一半炸出鬼臉的，通常都伴隨著尖叫聲，眞的頗賤，最近一次的經驗是在看youtube的影片時，也被夾雜在影片間的女鬼尖叫嚇得汗毛直豎，在愕然之外，也讓我確定了這次的寫作主題——網路驚嚇惡作劇。

01 痞蛋和威廷

在早冬時節，入夜之後涼意逼人，逼得小美離開座位，關上幾步以外的窗，又從床上拉起那隻粉紅色的絨毛熊，然後才重新回到座位上，繼續看著影片網站上那俊帥的男孩偶像團體的ＭＶ，和該男孩團體在各大綜藝節目的表演片段，她愛死那個男孩團體了，她購買每一張他們的專輯、演唱會實況ＤＶＤ，且還會在某個專屬網站上，與各地的同好交流各種關於該男孩團體的心得感想、情報資訊，甚至是八卦緋聞。

這個男孩團體幾乎成為構成她十六歲生命裡最重要的元素之一，儘管在十年或是二十年之後，她會對當年的瘋狂追星感到有些好笑，但她應該不會後悔才對，畢竟每個人都曾經歷過這麼一段青春時光，對某些明星、漫畫、小說或是某些事物，甚或是對身邊某個男孩或女孩深深地、不可自拔地迷戀過。

總而言之，今晚的小美和每天一樣，坐在電腦前瀏覽那個男孩團體的專屬網站，她開著一堆視窗，都是某個影片網站的分頁，她讓那些分頁視窗裡的影片慢慢地下載，下載完畢之後，她就會點開來看，若是她覺得這一段影片值得收藏，那麼她就會將之下載，再分類放入合適的資料夾裡。

「我也是耶，我平常也這樣耶！」

叮咚——小美的ＭＳＮ裡那個同班同學「痞蛋」傳來這樣一則訊息。「痞蛋」是那傢伙的外號，自那傢伙名字的近似音而來，並非指他又痞又壞，雖然他確實很痞又很白目。

小美有些狐疑，她從不知道痞蛋也是那個男孩團體的歌迷，她知道在班上有一個男孩跟八個女孩都喜歡那個男孩團體，但痞蛋可不是其中之一，她從來也沒聽痞蛋在班上聊起那個男孩團體過。

但就在剛剛痞蛋向她問了些關於那個男孩團體的瑣事，她才願意和他閒聊了幾句，她隨口提及自己收藏關於男孩團體影片的習慣，而痞蛋說他平常也是這樣。

「你也是他們的歌迷喔？」小美敲著鍵盤問。

「我平常蒐集影片也是這樣蒐的，我現在才知道原來我們也有共同點啊！」痞蛋回答。

「喔。」小美大概知道痞蛋指的是一些色情影片了，她又不想和這傢伙聊了，她對痞蛋的印象本來就不是很好，在班上痞蛋反應總是慢半拍，老愛講笑話，尤其是一些低級黃色笑話，令人厭惡的是他講的笑話通常都不好笑，但是他還是可以講完之後自己咧嘴大笑，且笑得有夠噁心。若非佳樺老師要班上所有人申請一個ＭＳＮ帳號，且將同學通通加入，定時召開ＭＳＮ群組會議，否則她才不想要這個噁心的傢伙的ＭＳＮ，更不想和他聊天。

「去洗澡了，再見。」小美回了這麼一句，準備將這個討厭鬼封鎖，但是在她按下ＭＳＮ

裡的封鎖功能之前，看見痞蛋傳來的那則訊息，便又頓了頓，她想或許再聊兩句也無妨。

痞蛋那則訊息這麼寫著：「我表哥傳給我他們的最新演唱會錄影花絮，妳要看嗎？」

「真的嗎？」小美咦了一聲，興沖沖地問：「你哥也喜歡他們喔？好稀奇喔，男生也會喜歡他們喔？我知道很多男生都很討厭他們耶……」小美突然願意對痞蛋打多一點的字了。在這個人人都可以替自己建立部落格的年代，人和人之間的距離一下子拉近許多，小美雖然不認識痞蛋的大哥，但有一次無意間在痞蛋的部落格連結之中，發現痞蛋竟有個大他六歲、出國留學且長相英俊的大哥，也由於愛屋及烏的關係，使得那時小美對痞蛋的印象稍稍增加兩分，兩分而已。

「妳想看的話，我現在傳給妳。」痞蛋答。

「好啊好啊，謝謝你！」小美欣喜地回答，她猶然記得男孩團體這一次巡迴演唱會還沒結束呢，她在他們的專屬網站上可也沒見到任何關於「幕後花絮影片剪輯」這樣的討論主題出現，若是由她首先向該網站上的同好朋友們分享，似乎也挺光榮的。

她這麼想時，痞蛋的傳檔訊息已經閃起，她想也不想地按下接收鍵，檔案不大不小，一分鐘左右就收完了，她急忙忙地點開來看，播放軟體開啓，畫面當中是數個長相俊美的男孩團體成員們在演唱會後台嬉戲。

「什麼啊，這是去年的演唱會啦！」小美失望地敲著鍵盤，但痞蛋已經下線了，她癟了癟嘴，咕噥幾句，本來想要順手關上播放軟體，但這個片段是男孩團體去年演唱會實況的花絮剪輯當中的精華，有男孩們赤裸著上身互相嬉鬧的片段，雖然她早看過無數次了，但仍是百看不厭，此時盯著螢幕微微地出神，男孩們拍著手，她也跟著拍手；男孩們哼著歌，她也跟著哼歌。

「加油加油加油！」影片中的男孩彎著腰互相搭著伙伴們的肩膀，開懷笑著大喊，替彼此加油打氣，小美再也熟悉不過，在這陣加油過後，他們會高呼著他們團體的響亮口號——

雙眼爆血女鬼慘臉塞滿整個畫面！

淒厲尖銳的巨大慘嚎聲自耳機轟入小美雙耳中。

「呀！」小美觸電般地彈了起來，是眞的彈起，她的屁股彈離椅子大約一公分半，她的耳機扯落、椅子翻倒，她整個人摔在地上，在短暫的驚嚇之後，跟著是超級憤怒。這樣的惡作劇雖不罕見，但要嚇著人卻也不難，一來抓準了觀賞者沒有防備，二來配合轟天巨響的音效，即便是陳年把戲，總也能將人嚇得頭皮發麻。

她憤然起身關上播放軟體，怒氣沖沖地想要痛罵痞蛋一番，這才想起痞蛋已經下線。她摸著跌疼的膝蓋，氣炸了，她進入痞蛋的部落格留言板留下三則憤怒的留言，心頭火仍然未消，又和MSN線上幾個同學大吐苦水一番，還是嚥不下這口氣——

「對不起、對不起……我自己也不知道啊！」痞蛋在一群女同學的包圍下，哭喪著臉求饒。

□

「你知不知道這樣會嚇死人啊！」「就是嘛，你覺得很幽默嗎！」「你很討厭耶，我們全部都把你封鎖了！」「我們要跟佳樺老師講。」女生們你一言我一語地修理著痞蛋。由於痞蛋平時便人緣不佳，因此小美一呼百應，不論是同為男孩團體歌迷的女同學們也好，或是事不關己的閒雜人等也好，大家你一言我一語地撻伐著他。

「我也被騙啦，都是我哥啦，他傳那個想嚇死我，我也差點嚇死了，我晚上還作惡夢耶……」痞蛋苦苦哀求小美和大家，希望她大發慈悲，不要向老師報告。

「誰理你啊，敢做不敢當喔？」「就是嘛，去死啦你。」女孩們扠著腰說。

「昨天佳樺老師有上線，我已經跟她說了，她說今天會叫你去辦公室。」小美哼哼地說。

「啊！幹嘛這樣啊……」痞蛋張大了口，轉頭看著斜後方隔著數排座位的威廷。威廷本來托著下巴看漫畫，不時以斜眼偷偷觀察痞蛋那頭的紛爭，但他發現痞蛋用一種求救的眼神望向他時，不由得皺了皺眉，將頭撇向另一方，但是當他感到痞蛋越來越慌張，幾乎用著哭音哀求小美放自己一馬時，威廷還是忍不住取出手機，快速按了一封簡訊：「別怕啦，小事一件，等等老師找你，你就照你剛剛說的跟老師講就好了，不會怎樣啦！」

當然，他沒有立刻將簡訊傳出，而是在第一節課開始前，大夥兒罵得過癮了，各自回到座位後，這才發出，收到簡訊的痞蛋，似乎鎮定了些。痞蛋向來喜歡跟著旁人瞎起鬨、惡作劇，但每每惹出麻煩，卻又像個手足無措的膽小鬼一樣哭爹喊娘。

「早知道就不找他了……」威廷瞥見痞蛋神祕兮兮地看見手機簡訊之後那副鬆了口氣的傻愣表情，只覺得這傢伙眞是不折不扣的傻蛋，跟他搭檔眞是失策。

是的，威廷和痞蛋在「這方面」而言，算是一對拍檔，他們之前在班上幾乎沒有什麼互動，威廷和痞蛋的個性截然不同，威廷話不多，成績不算差，卻也排不上班上前十名，算是那種大家會把他當作是「不差」的學生，但若要同學們舉出他們班上較爲優秀的人時，通常大家也不會想到他。他是那種假使突然轉學了，或是失蹤了，大家也只會「哦」一聲的那種人，就連傻愣又愛搞事的痞蛋，在班上都要比威廷醒目多了。

這兩個傢伙會湊在一塊兒，甚至成爲「拍檔」，是因爲他們在一個月前，發現到彼此竟神奇地有個共同的興趣，那就是惡作劇——嚇人，嚴格來說，痞蛋這方面的興趣是威廷引發出來的。

痞蛋這傢伙本來就調皮嬉鬧，惡作劇只是其中之一而已，然而他的惡作劇手法十分拙劣，不但不太幽默，且時常讓自己脫不了身。例如三個月前他將小蟲屍體扔進愛慕的校花的衣領裡頭，不但讓校花哭花了臉，還讓自己被一票護花男生們拖進廁所海扁一頓。跟著在兩個月前，他偷偷在當時扁他的籃球校隊隊長的飲料裡加了些鞋底沙，卻被發現，再一次地被狠揍一頓。

至於威廷，他有個怪癖，他喜歡蒐藏一些死人圖片、恐怖影片、嚇人程式，他自己不怕這些東西，但他非常地喜歡看別人被這些玩意兒嚇到的那個瞬間，他覺得有趣極了，因此他偶爾會將這類東西寄給某些親友，然後笑嘻嘻地換得一頓罵，自然，威廷懂得挑人，他知道哪些人會被這些玩意兒嚇一跳，卻又不會真的生他的氣，例如他姊、他國小死黨、他的小叔——像痞蛋那樣將整人影片寄給沒什麼交情的女同學，就太不智了。然而這樣的開玩笑對象畢竟不多，他們收過幾次威廷傳的影片或是圖片之後，就漸漸有了防備，這讓威廷感到乏味，他開始將目標轉移到陌生網友身上，他學會使用某些程式來隱藏上網ＩＰ，他找到許多網路論壇，他在上頭張貼一些嚇人圖片，然後觀賞其他網友的反應，通常他會在螢幕前哈哈大笑，他不怕被論壇的管理員刪除帳號，他申請了許多分身帳號。

跟著，他在某個電玩網站上發現了痞蛋的蹤跡，那是個聚集著許許多多的國高中生，乃至於全國各大專院校和社會人士的大型電玩網站，威廷在這個網站的討論區裡張貼過幾次恐怖連結，獲得不少樂趣，某天當他想要故技重施的時候，他發現該討論區裡有個傢伙早他一步張貼了一部嚇人短片，顯然是在模仿他，正是痞蛋，痞蛋在每個網站都使用同樣的帳號，包括偶爾佳樺老師舉辦的全班MSN小聚會上也是用同一個帳號，因此威廷一眼就認出了痞蛋。

那天他試探地在MSN上，向從未聊過天的痞蛋發出短訊。

「你喜歡嚇人喔？」

「你誰啊？」痞蛋當時這樣回他，因爲威廷那時使用的是分身MSN帳號之一，威廷有十七個MSN帳號及十二個即時通帳號。

「我是你同學，威廷。」威廷這麼問他。「我看到你在那邊貼的影片。」

「哦，是你啊，你也有上那個網站啊，哈哈，好巧喔。怎麼樣，你嚇到了喔？」痞蛋對自己的行爲被同學發現，不但不覺得慌張，還覺得十分有趣。

「沒有，不怎麼樣，你呢，你會怕嗎？」威廷問，那部影片，是恐怖組織處決人犯的紀錄短片，這樣的影片在網路上並不難取得。

「有一點殘忍，不過我不會怕耶！」

「喔？」威廷開始對痞蛋產生興趣，他覺得自己除了尋找一些驚嚇對象之外，也需要幾個志同道合的伙伴，他亟欲和人分享這一類的心得，他總覺得這麼有趣的事情，自己獨自藏在心中似乎少了些滋味，他試探性地問了幾個問題之後，這麼向痞蛋說：「我知道一些地方，有很多那種圖片，你想看嗎？」

那一晚，威廷給了痞蛋幾個國外的恐怖網站網址，裡頭有著各式各樣意外身亡的死人圖片，他只想試探，倘若痞蛋被嚇得屁滾尿流，向同學哭訴，那麼他可以和大家說，是痞蛋先在網路上惡作劇，他只想整回來而已，以痞蛋在班上的名聲，他的行爲會被當作是替天行道。

當然，痞蛋卻如自稱一般，不但不怕，且覺得頗有趣，這讓威廷十分滿意，他覺得應該可以將這傢伙當成同好了，他開始叮囑痞蛋在網路上掩飾眞實身分的必要性，還替痞蛋申請了幾個帳號。

接下來幾天，在威廷的指導下，痞蛋成功地騙到遊戲網站上某些等著看新遊戲圖片，卻見到其中夾雜著三張肢殘體缺、眼球離體的慘死屍體圖的遊戲迷；又在某個成人網站上讓上百個以爲自己下載到「女學生閨房私密精華」結果卻是「自殺瞬間腦漿爆發」的網友們，發出排山倒海般的憤怒留言。

愛鬧愛生事的痞蛋自然樂翻了，威廷也瞧得開心，他體悟到獨樂樂不如眾樂樂這個道理，他和痞蛋進行著各式各樣的嚇人合作，他仍持續蒐集各類恐怖圖片、嚇人影片、惡作劇程式等等，他甚至自己製作，使用影片剪接軟體在一些偶像MV或是趣味影片當中加入嚇人影片片段——這是網路上最惡質、最難以提防的惡作劇手法之一，那些毫無防備的網友們欣賞著明星影片或是趣味影片的同時，冷不防地炸出嚇人鬼臉配上巨響慘叫，往往能將網友們驚得寒毛直豎，嚴重的可能得收驚或是上醫院接受治療了。

當然，正值一個人在其生命中最天不怕地不怕的階段的威廷和痞蛋，哪裡管得了這麼多，他們玩得瘋了，威廷就像是幕後的軍師主將，指揮著痞蛋使用許多分身帳號在各大討論板張貼這些圖片或是影片，他們以無數網友們驚駭的怒吼來建築自己的歡樂。

不過威廷在歡樂之餘，偶爾也得擔心痞蛋的愚蠢會爲自己惹來麻煩，例如上週痞蛋得意忘形之際，在部落格上發表一些題爲「我和威廷正在進行中的偉大計畫」，裡頭雖然沒有指明他倆幹的好事，但威廷仍緊張兮兮地要他將那篇文章刪除。在佳樺老師的指導下，班上每個人都有自己的部落格，且同學們也都有彼此的MSN帳號，大夥兒利用部落格交流校內或是校外的各種心得。威廷倒有些自知之明，他知道這樣的興趣是見不得人的，且痞蛋在班上是個形象不佳的小白目，他甚至不願意讓班上同學知道自己和痞蛋竟然有些交情，尤其是小橘。

痞蛋倒是對威廷言聽計從，他覺得威廷是個厲害的傢伙，也是班上唯一將他當成朋友的人，因此當他偶爾做出一些蠢事而被威廷指責時，也不覺得不快。

昨晚威廷有事沒有上線，痞蛋一個人百無聊賴，便自作主張地傳影片給小美，惹得小美向老師告狀，可嚇死他了，所幸威廷的手機簡訊讓他稍稍心安了些，他覺得威廷這麼說，應該眞的沒事才對——事實上也確實如此，痞蛋在午間休息時刻被佳樺老師叫去辦公室聊了幾句，佳樺老師是個斯文和善的年輕老師，自己本身也是個重度網路使用者，對這類行之有年的網路惡作劇早也見怪不怪，便也只是笑著叮嚀了他幾句，要他誠心誠意地和小美道個歉，且以後別再開這類玩笑了。

「你大哥知道你個性活潑，跟你開個玩笑，你可能不會怕，但有些人膽子比較小，甚至如果收到這種惡作劇的人是個心臟病患者，那你可能會害死一條命喔。」佳樺老師這麼叮嚀他。

「我知道了，老師！」痞蛋連連點頭，這是他的優點，他本性不壞，每每做了錯事或是蠢事，總是乾脆地道歉，但健忘則是他的缺點，他往往玩性一起，又什麼都忘了，什麼都不管了。

痞蛋笑咪咪地向佳樺老師鞠了個躬，笑咪咪地回到班上，又向小美鞠了個躬，他轉頭看看威廷，威廷正悶著頭吃著便當，且刻意避開他的視線，由於威廷總是聲稱他倆在班上最好不要交談，免得讓大家發覺他們正在進行的遊戲就不妙了，因此痞蛋對威廷平時的冷漠並不以為意，反而有種自己正在進行祕密行動的趣味感。

只不過痞蛋留意到這時的威廷除了冷漠之外，眼神中還流露出些許怨懟，痞蛋順著威廷的目光看去，這才發現威廷注視著的對象是小橘，小橘比手劃腳地和阿孟開心聊天，最近他倆走得挺近，幾乎快要被認定是班上的班對了，或許這是令威廷感到不快的原因吧，威廷曾向痞蛋透露自己對小橘頗有好感。

02 三個網友

「進來吧。」威廷對佇在門外向客廳探頭張望的痞蛋招了招手。

痞蛋吐了吐舌頭，這才進門。他入門第一眼見到的是天花板垂掛著價值不斐的水晶吊燈，接著他見到偌大的客廳當中擺放著各式各樣名貴的古董家具，威廷走在前頭，隨手將書包甩在沙發椅上。

痞蛋脫了鞋子，恭恭敬敬地將鞋子推在門邊，還刻意擺放整齊，他從來都不是一個禮貌的傢伙，他爸媽都是一副大而化之的個性，從來也沒叮囑過他上別人家裡作客的禮儀，但此時異樣的突兀感讓痞蛋自然而然地拘謹許多，他覺得自己要是不小心弄髒了威廷家，那可不好意思。

他跟在威廷後頭，威廷家客廳幾乎要比痞蛋家那三十年屋齡公寓整戶三房兩廳加起來還要大，這兒是學校附近一棟高級大樓，有不少政商名流住在這兒，威廷的老爸是個生意人，時常在世界各國飛，威廷的母親也有自己的事業，現在正忙著在三個縣市處理分店開幕的瑣事——這都是痞蛋方才與威廷同行時聽他說的。

「哇，你房間超大！」痞蛋瞠目環顧威廷的房間，臉上滿是欣羨，在痞蛋家裡，他和哥哥一間房，兩個妹妹一間房，痞蛋老哥出國留學之後，兩個妹妹十分羨慕痞蛋可以擁有一整間房，但此時威廷的單人房間，比他和兩個妹妹的房間加起來還要大。

「別亂翻我東西，過來啦！」威廷打開電腦，喊著那目不轉睛盯著書櫃中一排模型機械人的痞蛋。

「呵，要不要我幫你整阿孟？」痞蛋來到威廷身旁，嘿嘿笑著問。

「不了，謝謝。」威廷回他。

「真的，別客氣，我早看他不順眼了。」痞蛋仍然這麼堅持，雖然他和威廷混得熟稔不過才一個月左右，但在學校裡人人都瞧不起他，都嫌他是個討厭鬼，然而威廷這個有錢人家小孩卻願意跟他做朋友，他早已將威廷當成自己的換帖兄弟了。

「少來，你大概又會搞砸吧，阿孟又高又壯，小心你又被拖去廁所打。」威廷斜了他一眼。

「那……像之前一樣啊，用假帳號加他，寄一堆怪東西去嚇他！」痞蛋早已將佳樺老師的叮嚀忘得一乾二淨了。

「你還敢講，如果現在再寄恐怖影片，人家都會聯想到你了。」威廷皺著眉說，電腦開機完成，威廷熟練地點著桌面上的圖示，連線上網、開Media Player播放音樂、開ＭＳＮ隱身上線、開Outlook收信、開檔案總管點入他那收藏著百來個惡作劇檔案和上千張恐怖圖片的資料夾。

「你眞專業耶！」痞蛋見到威廷用以收藏恐怖圖片資料夾中，另外又區分出「車禍」、「墜樓」、「意外」、「自殺」、「犯罪」、「戰爭」等十數個資料夾，將那些恐怖圖片仔細分類，不禁大感欽佩。

跟著威廷點開瀏覽器中「我的最愛」，點入命名爲「地獄」的資料夾中，裡頭有數十個網站網址，全是外國恐怖網站，他會每日瀏覽這些網站，將那些更新上去的慘死圖存入自己的恐怖資料庫中。

「哇，好多圖我都沒見過，死得眞慘……哇靠，眼睛都爆出來了！」痞蛋笑呵呵地指著某張死人圖片當中苦主那落在地上的眼珠子，說圓滾滾的頗爲可愛，他並非不怕這些殘虐的玩意兒，只是神經特別大條罷了，再加上威廷這些時日對他的耳濡目染，以及惡作劇帶給他的樂趣，使痞蛋對這些玩意兒越來越感興趣。

「這些不算什麼，不是今天叫你來的重點。」威廷點入我的最愛中另一類別的某個網址，那是個網路聊天室——網路聊天室，顧名思義，裡頭每個人透過主機、鍵盤和螢幕，和遠在不知何方的另一個人暢談天南地北，這是人們在二、三十年前絕難想像的一幕情景。

網路上各式各樣的聊天室成千上萬，威廷進入的這個聊天室屬於水平最低劣的一種，這類聊天室通常沒有嚴格的管理人員，於是裡頭人們說起話來大都肆無忌憚，即便是大罵髒話、瘋狂洗版，頂多也只是被其他人以簡單的功能過濾發言，眼不見爲淨罷了。

威廷要的就是這樣一個小天地，在那些需要經過繁複註冊手續，且管理嚴格的聊天室裡頭，他便無法玩得盡興了，且甚至會給自己惹來麻煩。

威廷以「藍洋」這個暱稱剛進入聊天室，立刻收到十則以上的密語訊息，大都是些「安安，幾歲，住哪兒，要援嗎？」或是聲稱握有職業運動賭博資訊的傢伙。

「哇，你好受歡迎，大家都跟你打招呼！」痞蛋訝然，他從沒上過聊天室。

「屁啦，別傻了，全都是詐騙集團，假的！」威廷將那些古怪訊息通通設爲黑名單。

除了「藍洋」以外，他在這個聊天室裡還有另外八個經過註冊的暱稱。他替自己各個帳號分配不同的任務，其中四個帳號負責「放長線釣大魚」，這些帳號的任務是和聊天室中的網友相處熟絡，熟到偶爾收到他的惡作劇影片之後，會又氣又笑地叫罵，但不至於撕破臉的程度。

另外包括藍洋在內的五個帳號，則負責「游擊」，和免洗筷一樣，是屬於用過就丟的那類，花個時間找人哈拉打屁，等待時機成熟，再謊稱傳個有趣影片和對方分享，然後就是等待對方的反應，或是憤怒痛罵、或是不屑地連喊無聊、或是再也不理他。

若是運氣好，能夠直接從聊天室更進一步要到即時通訊軟體的帳號，那便更好玩了。

威廷最得意的一次戰果，是在上週搭上的某個女大學生，那時威廷不但要到了她的ＭＳＮ帳號，且還和她通過視訊聊天，威廷甚至特意經過變裝，他戴著褐色墨鏡和帽子，和那女大學生暢談大半夜，等待時機成熟，便傳了個雙人對戰方塊遊戲給她，他們一面透過視訊打量對方玩遊戲的神情，一面聚精會神地挪移遊戲中的方塊，若時間在這一刻停止，那麼他們當下的神態看來似乎是對剛萌芽的姊弟情人，但時間並不會停止，在那女大學生覺得威廷若有似無地讓著她，一連讓她贏了三關之後，對這滿嘴甜言蜜語且似乎家境富裕的小弟弟好感倍增，覺得他比起她那前任粗魯的笨蛋男友要溫柔多了，她一面準備進行第四關遊戲，一面對著視訊麥克風說：「對了，你這禮拜有沒有空啊……」

轟！吼吼吼呀呀呀——

爆裂的尖叫聲自喇叭炸出，一張爛臉女鬼霸佔整個螢幕。

「哈！」威廷透過視訊畫面，見到本來臉上泛著微微甜蜜的女大學生像是被閃電劈到般地自椅子上彈了起來，她的嘴巴張成本來說話時的三倍大，她的眼睛瞪成一大一小，她兩隻胳臂誇張揮舞著，她向後仰倒的身子將電腦椅整個撞翻，兩隻大腿蹬得老高，還讓威廷瞧見了她當時穿的粉紅色底褲。

那晚，威廷笑得合不攏嘴，他見到那女大學生掙扎地站起，又叫又跳地試圖關閉程式，但那整人遊戲比一般影片更難關閉，全螢幕畫面讓魂魄被嚇飛一半的女大學生慌了手腳，亂敲亂按也關不了，威廷透過耳機，聽著畫面那一端女大學生的喊叫，和整人女鬼的尖叫合而爲一，成爲一種讓他感到相當有趣的聲音。

女大學生足足花了三分鐘，才將程式關閉，她憤怒地透過視訊叫罵，但她見到螢幕那頭威廷裝出的無辜模樣，便有些心軟。威廷拚命地解釋說自己也嚇了一跳，他說這遊戲是某個網友臨時傳給他的，他並不知道裡頭藏了個恐怖女鬼。

「真的嗎……」女大學生氣喘吁吁地揉著摔疼的手臂，她伸手調整夾在螢幕上的視訊鏡頭，皺著眉頭想要向威廷問個仔細。轟！吼吼吼呀呀呀——女鬼再次炸出，那是個常駐程式，會不定時殺出。

女大學生再一次花容失色，雖然不像第一次那樣人仰馬翻，但仍然嚇得寒毛直豎、心臟突跳，畢竟那女鬼尖叫實在太大聲也太難聽了。

當她再次關閉程式要向威廷興師問罪時，威廷早已下線，且將這一段使用錄影程式錄下來的片段，分享給痞蛋，讓痞蛋笑得翻來覆去，這也是使得痞蛋想要有樣學樣，興起嚇唬小美念頭的原因。

而這時，威廷一面和痞蛋有一搭沒一搭地聊著，一面向一堆聊天室裡的人發著訊息，等著那些人的回應，且同時注意ＭＳＮ成員名單的上線狀態，這個帳號名單中只有兩人，其中之一是個女高中生，叫作「菁菁」，是威廷在三週前於這個聊天室中認識的女孩，是個日劇迷，威廷向她聲稱自己擁有一堆經典日劇，且他家網路上傳速度極快——都是事實，威廷家的網路是下載100Ｍ、上傳５Ｍ的光纖網路，而那幾部經典日劇則是他老媽的收藏。

於是他成功要到了菁菁的MSN帳號，每天傳一、兩集片段給她，這可是個浩大工程，他迫不及待地幻想那個女孩在淚眼汪汪地投入日劇中的催淚情境時，被突然殺出的慘死畫面和轟天嘶嚎聲嚇得魂飛魄散。但倘若無法親眼見到女孩受驚那一幕，實在是太可惜了，於是威廷花了不少工夫，說服菁菁購入一套廉價的視訊設備，要求菁菁在接收檔案的途中，如果覺得無聊，可以和他聊聊天，昨天菁菁終於答應了這個要求，若無意外，今日他就有可能見到菁菁的樣子。

「第十四集，我準備了兩個檔案。」威廷轉頭，向痞蛋神祕一笑。

「兩個檔案?上下集喔?」痞蛋摸不著頭緒。

「不……」威廷忍不住竊笑，他點開第一個檔案，用快轉功能轉至第二十六分鐘處，場景是一個醫院病房，病床上躺著一個女人，女人雖是病容，卻不失美貌，她斜斜望向透進夕陽的窗。

喀啦，房門推開，進來一個高大英俊的男人，男人緩緩走近病床，含著淚、顫抖地握起女人的手，他倆深情對望，接下來是男人長達一分鐘的深情口白，他向她求婚，即便她明日的手術只有百分之十的存活機會，但他還是要在這當下向她傾吐積醞如火般的愛，再接著，是女人的答覆……

鬼臉爆炸而出，慘叫聲淒厲淒絕！

那是一張經過加工的女屍臉部特寫，眼球外淌、嘴巴大張、色澤對比調高，且威廷刻意調小原本劇中音量，好誘使菁菁觀看時，將音量調大，以求這一刻燦爛爆發。

即便是毫不新鮮的一千零一招，即便神經大條如痞蛋，也讓這突然炸出的尖叫音量嚇了一跳，他怪笑著拍著威廷的肩說：「連我都被嚇到了！」跟著他問：「那第二個檔案是什麼？不是同一集嗎？」

「是原本的檔案，沒有加工。」威廷嘿嘿地笑說：「我還沒決定要傳哪一個檔案給她。」

「哦？」痞蛋不解地問：「爲什麼？」

「嗯……」威廷露出一絲狡獪。「看看是正妹還是歪妹，正妹傳第二個檔案，從長計議；歪妹寄第一個檔案，一擊必殺。」

「哇，賤翻了你！」痞蛋哈哈笑著，他問：「你不是對小橘有意思嗎？」

「哼。」威廷攤了攤手。「她對我又沒意思。」

叮咚——MSN好友上線音效響起，卻不是菁菁，而是威廷此時使用帳號唯二名單中的另一人，暱稱是「志華」。

志華是威廷在另一個論壇裡結識的網友，當時志華主動搭訕威廷，於是他們便交換了MSN帳號，且還交換彼此的照片和簡單個人資料。志華二十來歲、樣貌清秀斯文，然而威廷卻是從某個陌生帥哥的部落格裡偷抓了幾張照片傳給志華，同時他向志華敘述的個人資料也是假的。

「哈，你說這個男的愛你喔！」痞蛋不可置信地望著威廷。

「好像是，呵呵。」威廷哈哈笑著，一面在恐怖資料夾中東挑西揀，他說：「他主動開視訊給我看，還一直想約我見面。」

「嗨，晚上好。」志華傳來這麼一則訊息。

「你好啊。」威廷回應。

「高中生？哪間學校啊？」方才的聊天室畫面當中，傳來這麼一則訊息，那是威廷一面和痞蛋閒扯、一面展示日劇片段的同時，在聊天室中胡亂搭訕的對象。威廷怔了怔，按著視窗捲軸將聊天畫面向上翻捲，他雖早練就同時和數人聊天的本領，但當人數過多時，總也會有些混亂，他得搞清楚現在這個和他說話的傢伙是誰。

從他們之間的密語對話，以及那個女人和聊天室當中其他人的公開對話大致可知她是個女人，年紀比威廷大了十歲以上，是個單身上班族，女人使用的暱稱是「夢兒」。

「夢兒姊姊，交換照片好嗎？」威廷胡亂打了個校名，隨意扯淡，開啓照片資料夾，裡頭是一堆帥哥照片，都是他從別人的部落格偷抓下來，作爲交友過程中騙人之用。

「手邊沒相片喔，而且就算有也不會給你，我跟你又不熟，太急了吧，小弟弟。」那女人這麼回應他。

「是，夢兒姊姊說得是。」威廷趕緊回答，又補充：「不過照片也是多餘，不用看也知道，夢兒姊姊一定是個超級大美女。」

「你說話眞噁！」痞蛋在一旁哈哈大笑。

同一時刻，志華傳訊來：「嗨，忙嗎？」

「不忙。」威廷回傳訊息，跟著立刻將視窗切回聊天室，對夢兒敲著：「夢兒姊姊，妳一定有一雙修長的腿、皮膚很白，而且身上很香，對不對呀！」

叮咚——菁菁上線。

「妳好，今天比較晚喔。」威廷快速敲。

志華傳訊：「在幹嘛呢？」

夢兒傳訊：「小弟弟，年紀輕輕就花言巧語，不好喔。」

菁菁傳訊：「今天跟爸媽吃餐廳，比較晚回家，你在等我喔？」

「呼！」威廷呼了口氣，回覆菁菁：「沒，就掛網啊，對了，妳的視訊……」再回覆夢兒：「我知錯了，以後不敢了。那我有猜對嗎？關於姊姊的樣子。」然後再回覆志華：「沒幹嘛，和你聊天啊。」

菁菁傳訊：「嗯，正在裝喔，等等。」

夢兒傳訊：「大致上都對，嘻。」

志華傳訊：「我昨天失眠。」

「靠，這樣你不會精神分裂喔？」痞蛋怪笑著：「我眼睛都快花了。」

「便宜你了，讓你見識我的絕技。」威廷得意地敲打鍵盤，回覆菁菁：「嗯，我現在還在轉檔，妳慢慢裝，有不懂的地方儘管問。」回覆夢兒：「那是當然的，因爲我有天眼通啊！對了，夢兒姊姊，妳喜歡狗嗎？」回覆志華：「失眠？爲什麼？」

志華傳訊：「可能太想一個人了。」

夢兒傳訊：「我比較喜歡貓。」

「想誰？」「我也好喜歡貓，姊姊妳想看嗎？我有可愛貓咪的影片喔！」威廷十指飛舞，一面回訊、一面點開恐怖資料夾中其中兩個類別，一是「可愛動物」，一是「告白」。

「唉，最遙遠的距離，遠在天邊吶……」志華傳訊。

「好啊，我最喜歡貓了，嘻。」夢兒傳訊。

「夢兒姊姊，等我一下喔，我找給妳。」威廷快速開了個視窗，進入他眾多備用部落格其中一個，他將「可愛動物」資料夾中一個長約兩分鐘的短片檔案上傳進入部落格中，然後將影片網址貼進他傳給夢兒的密語欄，跟著，他回覆志華：「遠在天邊，近在……？」

「眼前。」志華開啓視訊，畫面中的他模樣斯文，戴著眼鏡，神情黯然，一副爲情所困的樣子，他清了清嗓子，對視訊麥克風說：「聽得見嗎？」

「嗯，正想叫你開視訊。」威廷回覆。

「你也想看我喔。」志華微笑地透過視訊麥克風對威廷說話。

夢兒傳訊：「這是你的部落格喔？」

菁菁傳訊：「怎麼辦，我不會裝啦！」

「緊張緊張緊張刺激刺激！」痞蛋在一旁看得手心發汗。

威廷也不由得打起十二分精神，先回覆菁菁：「別擔心，我慢慢教妳。」再回覆夢兒：「對啊，是我的部落格，很棒吧！」最後回覆志華：「我沒有視訊，沒辦法讓你看見現在的我，不過我錄了一段影片，裡頭有一些我想說的話。」威廷在「告白」資料夾中找出一支影片檔案，傳給志華。

志華收到影片，迫不及待地點開，威廷幾乎能夠聽見電腦喇叭傳來志華那頭的影片聲音，他知道志華將音量轉得極大，因爲原本影片聲音有些雜訊，且威廷將之刻意調小，和他加工日劇影片手法如出一轍。影片中的主角和威廷寄給志華的假照片主角是同一人，那是那男人向女友告白的片段，威廷偷抓他照片的同時，也順便將他放在部落格上的深情短片一併偷下，當然，此時傳給志華的檔案，是經過加工的。

威廷看了痞蛋一眼，快速點開那支影片，他稍稍快轉，使得影片播放時間點和志華那頭差不多，此時在密密麻麻的視窗上疊著兩個影像畫面，左邊是男人告白的影片畫面，右邊是志華的視訊畫面，志華雙手抱胸，喉結上下跳動，緊張地吞嚥口水，目不轉睛地盯著影片畫面中那男人，男人用低沉的嗓音浪漫地說：「有些話，一直想和妳說，但是一直不知道該怎麼說……」

痞蛋瞪大眼睛，張大嘴巴，屏住氣息。

威廷同樣期待萬分，且同時還不忘快速切回聊天室兩秒，向夢兒問：「怎樣，可愛吧？」

「滿可愛的，嘻。」夢兒回覆。

慘叫聲暴起，螢幕左邊影片畫面，男人將要說出最關鍵的告白情話的同時，瞬間變成一個腦袋被削去一半的慘死人，右邊視訊畫面中的志華身子猛一劇震，嘴巴怪張發出一聲驚嗚，跟著呆然而不明所以，雖然志華的模樣沒像先前的女孩們那樣誇張，但他抱胸激顫尖叫半秒的模樣還是讓螢幕這端的痞蛋和威廷狂笑不止。

「……這是？」志華好不容易擠出這句話，他意識到自己的模樣透過視訊讓威廷瞧見的同時，便趕緊將視訊關上，用文字詢問：「我不懂，這是一個玩笑嗎？」

「嗯，是一個玩笑沒錯。」威廷笑著回答。

「很好笑嗎？」志華問。

「超好笑的。」威廷回答。

志華下線了。

威廷對這次戰果感到十分滿意，他想起了什麼，先將志華封鎖加刪除，再將視窗切回聊天室，問著夢兒：「咦，姊姊妳有看影片喔？」

「有啊，很可愛啊，眞有意思。」夢兒回應。

「嗯？」威廷愣了愣，點開那部貓咪影片，夾雜在貓咪影片中的死人圖和他加工在日劇片段中的慘死女人是同一個，他自認這段畫面威力夠強，但看完影片的夢兒卻沒有表示憤怒的意思？

「妳看完影片了，嗯，沒有被嚇到喔？」威廷想了半晌，決定開門見山地問，影片是他傳的，總不能裝傻問裡頭有什麼吧。

「看完啦。」夢兒回覆：「還滿可愛的，貓跟人都可愛，怎麼會嚇一跳。」

「眞的喔，妳不怕屍體圖喔？」

「死人又不可怕。」夢兒回答。

「眞的嗎？」威廷這麼問，又複製一段網址進入聊天室訊息欄中，那是個國外恐怖網站網址，裡頭有一組最新的慘死圖。

夢兒回覆：「沒什麼啊，常常見到。」

「姊姊妳是法醫喔，還是護士啊？」威廷一愣，心想倘若這個年紀大他許多的女人從事的工作常常見到屍體或是重大傷害的病患，那麼對她來說，死人圖片便確實不怎麼樣。

「都不是，我不替那些人工作，嘻。」

「我不信嚇不倒妳，我再找找有沒有更恐怖的。」威廷這樣回覆，他點開那些恐怖網站，他心想若夢兒不怕屍體圖，那麼噁心圖或許能令她反感，例如長相醜陋的怪蟲，或是變態吃屎圖之類的。

「有這個可怕嗎？」夢兒傳來一段網址。

威廷遲疑了三秒，點入網址，也是個部落格，裡頭是段影片，他按下播放鍵，同時轉頭向痞蛋說：「該不會碰上同好了吧！」

痞蛋在影片播放的半分鐘後發起了抖，威廷自始至終都是神情呆然。

影片內容是一個渾身赤裸被五花大綁的外國女孩，被一個戴著黑面罩的男子活生生剖開肚子、啃食內臟。

「假的……這是電影，外國有很多這種電影，拍給變態看的……」威廷呢喃地對痞蛋說，痞蛋嚥下一口口水，連連點頭。威廷搓了搓手，將這段影片，存入自己恐怖資料夾中的「虐殺」類別裡頭。

「有沒有可怕？」夢兒傳來訊息。

「還好啦，不怎麼樣，那女的叫得有點假。」

「是眞的喲，女生是個十九歲的大學生，凶手是她的鄰居，這個案子還沒有曝光，她的家人以爲她失蹤了，其實是被她的變態鄰居關在地下室裡，那個鄰居對她做了許多殘忍的事，直到三週前終於死了。」夢兒回答。

「唔……」痞蛋連連吞嚥著口水，他對死人圖、恐怖影片顯得神經大條，那是因爲對他而言那些東西便像是某些電視節目記載的災難瞬間那樣遙遠，沒有眞切感、現實感，就和恐怖電影一般，只是一個畫面、一支影片。但夢兒傳來的這支影片是如此地清晰眞切，一氣呵成、沒有剪接、沒有特殊效果，加上她補述說明，使得痞蛋將影片的內容拉回眞實世界，讓他意識到這是一起發生在不久之前的慘案，有凶慘的尖叫、有劇烈的痛苦、有絕望的淚水，和無窮的邪惡，這使得痞蛋無法將之當成「一個畫面」、「一支影片」，而是一段「恐怖的事實」。

「別上當啊，你傻瓜啊，又說沒有曝光，那她怎麼會知道？一看就是假的！」威廷拍著痞蛋的胳臂，一面回覆菁菁的詢問，一個步驟一個步驟地教她安裝視訊，跟著又向夢兒傳訊：

「姊姊妳還有其他的影片嗎？恐怖的。」

「有啊，但是我怕會嚇死你。」夢兒說。

「我膽子很大，嚇不倒我的。」威廷回答。

「不可能，你一定會嚇得尿褲子。」

「屁啦！嚇得尿褲子的是妳吧！」威廷對自己這方面的膽識相當地有自信，事實上他對這些玩意兒抱有極度興趣，又怎麼會害怕，雖然夢兒歲數大他不少，但他很難忍受被女人看扁。

「那我們來打賭好了。」夢兒傳訊：「我每天更新部落格，你來看，看完留個言，寫個感想，表示你看過了。」

「賭注是什麼？」威廷問。

「嗯，你不是想看我照片嗎，這樣好了，你每留一則感想，我貼一張照片。我知道你在想什麼，我每次貼的照片，都會比上一張穿少一點，嘻。」

「我怎麼知道是不是妳。」威廷哼哼地敲著鍵盤，他自己便時常用假照片騙人。

「嗯，你現在去我相本看看。」夢兒傳訊。

威廷愣了愣，自夢兒傳來的部落格網址中，轉而點入相本，相本新增了一支影片和一張照片，影片十分短，拍攝時間顯示正是剛才，畫面中是一個面貌素雅的女人，在桌前自拍，女人開口說話：「嗨，藍洋小弟弟，我是夢兒，這樣你相信了吧。」

威廷嘖嘖幾聲，又點入照片，果然和影片中的夢兒是同一人，拍攝時間也是同一時刻，他趕忙敲著鍵盤，說：「我果然猜的沒錯，姊姊眞是個大美人啊，就這麼說定了。對了，如果我找另一個朋友一起玩，留兩則感想，姊姊妳就貼兩張照片，而且其中一張要比另一張更露……也就是雙倍進度，如何？」

「也好啊。」夢兒這麼回答。

「啊，我也要玩喔？」痞蛋這才回神，他感到有些不安。

「當然，每天脫一件要脫到什麼時候，我們合力、加倍攻擊，把她扒個精光，這樣不好嗎？」威廷信心滿滿地說。

「嗯嗯，好像不錯的樣子耶……」痞蛋這才將注意力轉到夢兒的相本，漸漸覺得這個遊戲似乎也還不賴，他的腦袋無法同時裝入太多東西，舊的思緒會很快被新的思緒洗去，便如同此時，夢兒婀娜多姿的照片，便已經洗去他數分鐘前的不安和惶恐。但他仍有些疑惑，問：「她爲什麼突然想玩這個遊戲？」

「很簡單，她跟我們一樣。」威廷笑著回答：「不然你以爲那些恐怖網站是做給誰看的，就是有些人喜歡，大家不敢說而已。這女的一定憋很久了，她也想找個人分享，她碰到我，就像我碰到你一樣，我們又多一個同好了，很棒吧。」

「嗯……」痞蛋點頭，威廷說的話，他一向都是同意的。

03 遊戲開始

一覺醒來，痞蛋記不太得昨晚自己是何時回到家的了，昨晚和夢兒達成協議之後，夢兒不久便離開了聊天室，他在威廷房裡玩著電玩，威廷則花了大半個鐘頭，教菁菁裝上視訊，他們似乎聊得相當愉快。直到痞蛋睏倦返家之前，威廷都沒有將嚇人的日劇片段傳給菁菁。

這個週末痞蛋過得渾渾噩噩，他每個週末都過得渾渾噩噩，由於他從小到大都是那麼白目，因此他的朋友並不多，自從最疼他的老哥出國留學之後，他一個人顯得有些孤單，到了下午，痞蛋百無聊賴之際，從冰箱取出果汁倒了兩杯，在裡頭各加了七勺鹽巴，笑咪咪地端給他兩個妹妹。

「死白爛又在做怪了，我們才不會上當！」「你自己喝吧，豬頭！」兩個妹妹一見到痞蛋端遞杯子時那張笑臉上掛著的詭譎，便對他破口大罵。

「……」痞蛋聳聳肩，莫可奈何地將鹹果汁倒掉，獨自回房上網，他開啓MSN，威廷已在線上。

「你昨天有嚇那個高中妹嗎？」痞蛋傳訊給威廷，威廷卻沒回訊，痞蛋又敲：「分我幾個對象啦，我都沒事做。」威廷還是沒回，痞蛋再敲：「昨天的聊天室網址給我，我自己去找。」威廷還是沒回應。

「厚——」痞蛋嘖嘖幾聲，莫可奈何，只得自己用搜尋引擎尋找聊天室，這是他第一次上聊天室，他替自己取了個「無敵巧克力蛋」的暱稱，在裡頭向每一個女性暱稱傳送密語「我蛋蛋很大喔」，於是他在一分鐘之後就被管理員踢了出去。他很快地再以「無敵茶葉蛋」暱稱進入聊天室，向每一個女性暱稱傳送「想不想吃茶葉蛋？」，又被踢出了聊天室，且聊天室管理員封鎖了他的上網ＩＰ，在他下一次連線之前，他都無法進入那個聊天室了。他不懂什麼ＩＰ、什麼封鎖之類的玩意，但他很清楚自己成爲了不受歡迎的對象。他並不以爲意，改上其他聊天室尋樂子，但他的作怪手法是那樣的拙劣，他無法像威廷一樣先釣人上鉤再計畫如何捉弄，他只能夠不停地講下流話或是洗版面引起大家注意，然後和那些網路另一端的人們用髒話互罵，或是被管理員趕出去。

「好無聊啊——」痞蛋搔抓著頭，他起身離座，後退幾步，然後輕輕躍起向後頭仰倒，碰的一聲重重躺上床，他喜歡用這種方式上床鋪，像是跳水一樣，雖然他前兩個禮拜這麼跳上床時才被床上幾本忘了收拾的硬皮漫畫扎得後背破皮，但他早已忘了，他總是如此健忘，所幸此時床上只有軟綿綿的被子。他躺在床上，用後腳跟有規律地敲著牆打拍子，很快地牆後傳來兩個妹妹的叫喊聲：「臭白爛，不要踢牆啦。」

「怎麼回事？」痞蛋隨手自床頭拿了本書，捲成筒狀，湊在嘴前喊：「妳們在跟我說話嗎？我沒踢牆啊，我在看書，妳們聽見什麼聲音了？難道……」他這麼說時，又碰碰地用後腳跟蹬了幾下牆，再蹬了幾下牆。

「叫你不要踢牆你聽不懂喔！」「臭白爛你不要這麼白爛好不好？」

「我真的沒有踢牆，我在看書啊！」痞蛋起身坐在床沿這麼回應，不時仰身用手中的書敲打牆壁，還說：「我房間很安靜啊，妳們聽見什麼了嗎？」

兩個妹妹手扠著腰，氣呼呼地走來痞蛋房間興師問罪，痞蛋正經八百地坐在床沿看書，抬起頭來問：「怎麼了？妳們聽見什麼了嗎？我什麼都沒聽見啊，難道……這屋子有鬼？」

「鬼你個大便啦，你除了耍白痴還會什麼？」大妹罵。

「你完了，你說家裡有鬼，我要跟媽講。」二妹接著罵。

「你自己最像鬼！」大妹再罵。

「你沒有朋友嗎？不要只會作怪好不好！」二妹再接著罵。

「妳們兩個被鬼上身了！」痞蛋只是想鋪個梗，找點話說而已，此時讓兩個妹妹罵得毫無還口的餘地，只好大喊一聲，鑽進棉被裡發呆裝死。

「眞是白痴耶，沒救了……」「大哥那麼聰明，爲什麼二哥卻像個低能兒？」兩個妹妹哼了一聲，轉身回房。

痞蛋這才從被窩探頭出來，無精打采地坐在床沿，認眞思考兩個妹妹離去時的交談，也頗覺得有理，以前老爸和老媽總是說痞蛋不是親生的，是從垃圾堆撿回家的，雖然老爸老媽那樣對他說時，總是哈哈地笑。

發了好半晌愣，痞蛋這才回到座位，螢幕上出現了威廷連續四則回應：

「幹嘛一直吵？」

「無聊就上夢兒姊的部落格逛逛，看她貼了沒，貼了告訴我。」

「喂，在幹嘛？」

「不說話喔？」

痞蛋趕緊敲起鍵盤回應：「我剛剛被我妹罵了。」

「爲什麼罵你？」

痞蛋回應：「我敲牆壁，然後不承認，說是鬼敲的，呵。」

「這樣做有意義嗎？」

痞蛋回應：「想嚇嚇她們，她們太囂張了，平常都不把我這個二哥放在眼裡。」

「你一直幹一些白痴事，她們當然不把你放在眼裡。你再跟我多學個兩年，或許可以嚇到她們。」

「是喔……」痞蛋想起了昨晚的事。「你嚇了那個高中妹嗎？」

「她叫菁菁。」威廷回應：「還沒耶，我覺得時機還沒到，我想醞釀久一點，就跟釀酒一樣，越陳越香。」

「給你看樣東西……」威廷傳來一個檔案。

痞蛋點開，是一部車禍短片，內容是某個車禍現場，數名行人合力將給夾在扭曲扁爛的車廂中的駕駛救出的經過，那駕駛傷得太重了，救援的行人驚慌之餘，也沒有太多的急救常識，他們時而驚恐爭論，時而掩面尖叫，那個駕駛腰部以下支離破碎，一經拖拉，鮮血和腸胃立時從駕駛破裂的腹腔中落下。

「聽聽他講什麼。」威廷這麼說。

「聽不清楚……」痞蛋一面轉大音量，一面細聽那駕駛臨終前虛弱低吟的話語，或許是求救、或許遺言。

「唔，你該不會想嚇我吧，會有女鬼衝出來嗎？」痞蛋即便再呆，也意識到影片過低的音量似乎有異，他已經將音量調高許多，但仍然聽不清楚駕駛說些什麼。

「一半一半。」威廷傳來回應。

車禍畫面瞬間切換——

三個光溜溜的男人和兩個光溜溜的女人抱成一片——是A片畫面。

「哇靠！」痞蛋赫然一驚，手忙腳亂地將電腦喇叭關掉，目不轉睛地盯著那很不精彩的A

片畫面。

「嚇一跳吧？」威廷問。

「……」痞蛋吐了吐舌頭，離座起身探頭看看門外，希望方才那暴衝而出的A片聲音沒有傳到兩個妹妹的房間，他返回座位向威廷抗議：「你幹嘛整我啦，我家還有人耶！」

「我問你嚇到沒有？」

「嗯，有一點……」痞蛋回應：「還好我爸媽不在，我房間離廚房很近，要是剛剛我媽在廚房，我就糗大了啦！」

「呵，會怕就好！」威廷得意地傳訊：「夢兒姊她似乎不怕死人圖，那我們就反其道而行，假裝給她看車禍片，但是看到一半殺出A片，她應該也會嚇一跳吧。要是她在上班的時候看，那就有趣了，就算她把聲音關掉，也會緊張被附近的同事見到畫面，這招厲害吧。」

「是沒錯，但是這種『嚇』跟那種『嚇』，好像不太一樣……」痞蛋回應。

「沒差啦，有嚇到就好，我們總不能被一個女人瞧扁了吧。」

「是沒錯。」痞蛋攤攤手，開始想像夢兒在公司時若是點開了這麼一支影片，一開始很有可能信心滿滿地看著影片，高傲地說「這有什麼可怕的」，但畫面突然轉換成A片，夠她手忙腳亂了。

「快去她部落格，她貼文章了！」威廷傳來一串網址，那是夢兒的部落格網址。

痞蛋點入網址，視窗切換，進入一個黑底紅字的部落格，部落格中只有一則文章，痞蛋另外點開相本，相本裡仍然維持著一張照片和一段短片，那是昨天夢兒給他們看的照片，只要兩人看完部落格文章的內容，留下心得感想，相本裡就會更新兩張「比前一張露」的照片，對兩個十六、七歲的少年而言，這樣的誘惑已不算小，痞蛋嚥下一口口水，迫不及待地切回夢兒部落格，要去留感想。

他點開文章內容，裡頭是一段影片，和一行簡短的說明文字——

眞實事件，信不信隨你們，地點是祕密，時間離現在不遠。

痞蛋按下影片播放鍵，畫面一陣閃爍之後，是一個女孩，年紀大約十來歲，是個白人女孩，她渾身赤裸，脖子上繫著一個鐵銬，連接著一條粗鐵鍊，像狗一樣地被鎖在牆角，她用幾近沙啞的聲音哭喊求饒著。

「咦？」痞蛋將音量盡量轉小，以免讓妹妹們知道他在看這種變態影片，同時他感到這場景有些熟悉，他想起昨晚夢兒給他倆看的那虐殺影片，當中的地點、那在鏡頭前搖晃的男人手掌、女孩周遭陳設都與此時影片當中相同，但受害女孩的樣貌卻不相同——拍攝這段影片兼凶手的傢伙，是個變態連續殺人魔。

「唔？呃？」痞蛋有些遲疑，一面看著持續播放著的影片，一面打字向威廷詢問：「喂，你在看嗎？是眞的嗎？又是那個傢伙耶……」

影片當中的變態狂用小刀在女孩手臂上刻下一朵醜陋的花。

「不知道，別吵，看完再說。」威廷回應。

變態狂發出了笑聲，即便在女孩激烈的哭吼之下，仍然顯得格外地清晰，已不像是人的笑聲，更像是魔鬼的笑聲。跟著，鏡頭晃動，變態魔扔了個東西在女孩面前，是一塊麵包和一瓶飲料，顯然他不打算立時殺她，他似乎想要慢慢進行這個遊戲——影片結束。

「好像不是假的耶？好逼眞喔，爲什麼夢兒會有這個影片啊？」痞蛋感到前所未有的奇異恐慌感，儘管這支影片無論在血腥度、殘忍度上，都遠遠不及先前他看過的許多恐怖影片，但給予他的恐慌卻遠超過先前那些影片，爲什麼呢？

是因爲夢兒的提示？她說這是一起眞實的，且幾乎是處於進行狀態中的慘案？

夢兒此時也在線上，她在自己的文章底下，加註補述著：他，拍攝影片的主人，現在要去睡了，等他睡醒之後，會再在女孩的身上刻一個東西，可能是花，可能是動物什麼的，他會和女孩一同用過早餐，他會外出辦事，舉止斯文有禮，然後在外頭用過晚餐回到家，再和女孩進行下一個遊戲。

威廷很快地將心得貼在夢兒回覆的文章之下：「看完了，滿假的。除非妳就是凶手，或是凶手的同謀，否則妳怎麼可能拿到凶手的自拍影片？當我是傻瓜喔，呵呵。不過女生長得還不錯看啦，我等第二集，哈哈。對了，夢兒姊妳在線上對吧，給我妳的MSN帳號，直接聊比較快……」

「到底是眞的還是假的啊？好變態喔，警察都不去抓他嗎？是拍的吧？如果是眞的，夢兒姊妳快報警啦，除非妳就是凶手，妳不是對吧？好怪喔，是假的對吧？」痞蛋也隨便亂打了一則感想，表示他有看過，同時他見到文章底下出現了夢兒的新回應，是一個郵件信箱，是她的MSN帳號，痞蛋便順手將之加入自己的MSN聯絡人當中。

「嗨，兩位同學好。」夢兒向兩人傳訊打招呼，且將兩人拉進多人聊天功能裡。

「快貼照片！」威廷催促。

「照片照片照片！」痞蛋也催促。

很快地，他倆在夢兒的相本中見到更新上去的兩張照片，第一張夢兒蹺著腿，倚坐在一張電腦上，她穿著一身高雅套裝，戴著紅框眼鏡；第二張照片，是她嘟著嘴，取下眼鏡的模樣。

威廷抗議：「只脱眼鏡喔，這樣要玩到什麼時候，趕快貼下一個影片啦，我們今天就要破關啦。」

「呵，過兩天你就會嫌太快了呢，先說好喔，這個遊戲已經開始了，不可以不玩喔，結局只有兩個，一個是我脱光，一個是你們輸給了我，我工作的單位剛好缺兩個工讀生，如果你們輸了，就要來替我工作了，呵。」夢兒回應。

「結局只有一個，就是裸體的夢兒姊。」威廷十分有信心。

痞蛋看完照片，方才的恐慌又回來了幾分，他不像威廷那樣自信，他問：「咦？替妳工作？昨天妳沒有講啊，什麼工作啊？」

「當我的助手，幫我打雜。」夢兒回應。

「助手，妳是做哪行的啊？」痞蛋問。

「呵，這個喔，我也說不太上來，是一個你們不怎麼瞭解的工作。」夢兒回應：「不過，我老闆你們應該有聽過，他很有名。」

「很有名？誰？王永慶？郭台銘？比爾蓋茲？有比這幾個有名嗎？」威廷調侃地問。

「你說的我都不太熟，我老闆應該比他們有名，呵。」夢兒回應著，最後補上一個名字——

「撒旦。」

04 恐怖的極限

餐桌上擺著幾樣菜，有魚有肉，痞蛋的爸媽正認眞聽著兩個妹妹的告狀。

「二哥他說家裡有鬼啦，爸你快罵死他！」大妹說。

「二哥他眞的很白痴啦，媽妳怎麼會生出這種兒子？」二妹說。

痞蛋的爸一面扒著飯，一面空出手拍了痞蛋腦袋一下，罵：「呸呸呸，家裡哪有鬼！別亂說話，死囝仔。」

痞蛋的媽則聳聳肩，回答二妹的問題：「去怪妳爸，他年輕的時候比妳二哥還白痴。」

「那爲什麼大哥跟我、跟小妹就不白痴，只有二哥白痴？」大妹問。

「那是你們運氣好，遺傳到我。」痞蛋的媽得意地說。

「是這樣喔……」大妹、二妹對這個答案還算滿意，但又不敢表現得太滿意的樣子，那樣子似乎在附和老媽說「老爸也很白痴」的說法了。

平時多話的痞蛋則是一言不發地扒著飯，他有些呆愣，看著時鐘。在他和威廷看過夢兒的影片之後，已經過了好幾個鐘頭了，那變態狂睡醒了嗎？

那個白人女孩身上多出第二個血痕圖案了嗎？

在自己挾著菜放入口中的時候，變態狂正用尖銳的利器在女孩的身上刻刺著嗎？他爲什麼要那樣做？那樣不是很痛嗎？那樣一定很痛對吧。這是眞的嗎？是假的吧，但爲什麼看來如此逼眞？比現今任何恐怖電影中的特效都要來得逼眞。倘若是眞的，那個女孩，會像上一個女孩一樣，死得慘不忍睹嗎？

痞蛋想到了夢兒給他們看的第一部虐殺影片，雙腿忍不住發起抖來，他的碗中還有最後幾口飯，他的口裡還有嚼到一半的菜，但他食之無味，甚至有些反胃，他覺得惶恐不安，一齣淒慘無比的邪惡犯罪正在進行著，他無法想像那女孩當下的心情是如何的絕望。

他感到強烈的害怕，這樣的恐懼感不僅是來自血腥本身，還夾雜了各式各樣的感覺。許多人都愛看恐怖電影，那是因爲他們知道那是假的，而痞蛋對那些慘死圖片感到有趣，是他將那些東西當成了恐怖電影，他知道那是眞的，但是用一種戲謔的眼光看待，用一種觀賞恐怖電影的心態去看待。

但此時，他沒辦法用同樣的眼光去看待夢兒的影片了，他終於體認到這樣的恐怖竟然如此的眞切。

這一晚，他作了惡夢，他夢見自己被一個變態殺人狂追殺，想逃，卻逃不了，他在那個變態殺人狂一步步接近他時，哀嚎著從床上彈起了身，他看著窗外，陰暗暗的，天還沒亮。

但是在這個世界的另一端呢？

在那個女孩的國度，應該是太陽正要下山的時刻吧。

他要回家了嗎？他又要和女孩「玩遊戲」了嗎？

如果是自己，心情會是如何？

一定恐懼、絕望到了極點吧。

他回到家了嗎？現在正在玩遊戲了嗎？

「唔！」痞蛋將被子蒙住了頭，強迫自己繼續入睡，慘的是，方才那個惡夢竟延續著，他在夢中向殺人狂求饒，殺人狂並不理會，在夢境裡的疼痛當然比不上真實的疼痛，但恐懼卻有過之而無不及。

□

「拜託喔，你太認真了吧，假的啦！」威廷傳來這樣一則訊息。

此時是週日中午，痞蛋無精打采地和威廷通過MSN閒聊，他將心中的不安跟疑慮和威廷說，換來威廷的冷嘲熱諷：「你真是笨得可以了耶，怎麼可能是真的，你當她是FBI喔，變態殺人魔的自拍影片可以這麼快拿到手，那怎麼還不動手抓人啊？」

「也有可能是凶手啊，電影裡不都這樣演，有些變態狂身邊的親人也是變態。」痞蛋回應。

「是啊、是啊，一個變態老外殺人狂的變態親人，會上中文聊天室用中文跟你哈啦喔，還會用我們的部落格喔？」威廷一面打字，一面搖頭。

「會不會剛好就是中國人或是香港人或是台灣人啊？嫁給變態老外，做個變態老婆……」痞蛋回應。

「屁啦。」威廷得意地說：「昨天我要她用MSN把相本裡的照片傳給我，順便抓她的IP，在台北啦，還老外老婆咧。假的啦！」

「是喔……」痞蛋感到有些安心，但他又問：「爲什麼撒旦的員工會在台北工作啊？」

「你白痴喔！她說你也信，下次你跟她說你在霍格華茲上學，校長是鄧不利多。」威廷回應。

「哈，那我就是哈利，我喜歡張秋，我想上她。」痞蛋更安心了些。

「秋你個頭，你繼續白痴下去，只能上石內卜了！」威廷回應。

「我不想上石內卜！」痞蛋抗議。

「由不得你。」威廷回應：「啊，菁菁上線了，不跟你聊了。」

□

這天痞蛋仍然過得渾渾噩噩，他和威廷都一整天掛在線上，他在網路上四處閒逛，連上聊天室或是討論區搗亂的興致都沒了，但威廷似乎樂得很，他和菁菁暢聊一整個下午，似乎有說不完的話，痞蛋從偶爾傳訊給威廷後的回覆得知，他們的話題從電視劇轉移至電影，又轉移至日常生活起居，痞蛋向威廷索討那高中女孩的帳號，想摻上一腳，威廷當然不給他，痞蛋開始覺得威廷似乎並不打算嚇唬菁菁，而是對她動心了。

□

「啊，有新的耶！」痞蛋刷完了牙，伸著懶腰，回到房間電腦前，再次刷新夢兒部落格頁面，終於見到夢兒發出的新文章。

痞蛋心臟突跳，緩緩坐下，他見到MSN上夢兒已經上線，他愣了半秒，不知道是否該向她傳訊打招呼，還是先進行今晚的恐怖挑戰。

他點入新文章，同樣是一支影片，他猶豫著不知是否該按下播放鍵的同時，他見到文章底下已有回應，自然是威廷的回應，威廷仍然以一貫輕鬆的語氣回應著：「沒什麼嘛，還以為有精彩的可以看。叫那老兄動作快點啦，再不然我幫他動手好啦。」

痞蛋見威廷這般回應，想起威廷白天對他的叮嚀——一切都是假的，影片中的女孩和男人都是演員，外國有人專門拍攝這種影片，純粹爲了滿足喜愛這類血腥殘虐的重口味觀眾。

痞蛋便也稍微安心地按下影片播放鍵，這次的進度和昨天相若，男人在女孩大腿上再度刻刺了一個圖案，由於影片只有片段，痞蛋和威廷僅能從女孩臉上某幾處瘀傷和她的表情大約得知，男人在她身上刻刺圖案之前，還毆打及強暴了她。

痞蛋茫然地看完這部短短數分鐘的影片，學威廷那樣留下逞強的感想心得，於是他們看見了更新進相本中的夢兒新照，夢兒的穿著和昨天不同，但看得出來稍稍清涼了幾分，一張照片她正褪著左腳襪子，另一張照片則是蹺著一雙光腳丫子。

「等一天只脫一雙襪子喔！」威廷留言抗議，痞蛋也幫腔作勢地說了些不著邊際的廢話。

□

翌日、再翌日、第三天、第四天過去了，他們在學校時，痞蛋眼中的茫然與日俱增，威廷的眼睛則愈漸閃閃發亮，以往在學校威廷總是不願和痞蛋說話，他不願別人覺得他和白目王痞蛋走得很近，但這些天，威廷時常和痞蛋說話，反而是痞蛋越來越安靜，這讓某些同學對威廷豎起拇指，說或許是威廷的關懷，感化了痞蛋，使這個白目王安分許多，不再說蠢話、做蠢事了。

「我還是覺得怪怪的……」痞蛋在這天放學和威廷走在回家的路上時，這麼和他說，三天前他們說好，週五晚上再上威廷家，一同找新對象捉弄。

「什麼怪怪的？」威廷看了痞蛋一眼。

「我總覺得那是眞的……」痞蛋呑呑吐吐地說：「你不覺得那外國女生看起來越來越憔悴了嗎？她好像快要死了……」

這四天下來，那白人女孩先是後背上被刻了一大片醜陋塗鴉，跟著大腿上被銳刀劃了數道深痕，再跟著被削去一隻耳朵，昨天的影片痞蛋只看了一半，他見到男人手中的鋸子嵌在女孩手腕上扯動的同時，腦中瞬間閃過「假如是眞的……」的當下，他便將影片關閉了，隨便胡亂留下一則感想，匆匆瞧了夢兒更新上的兩張褪去短裙、穿著襯衫的照片，便趕緊下線了。

「幹嘛提這個啦。你說我明天穿我爸的西裝跟她看電影會不會太奇怪啊？」威廷揮了揮手，打斷了痞蛋的話，這些天他和痞蛋說了不少話，內容全和菁菁有關，他和菁菁約定了週六見面，他要將燒錄的日劇ＤＶＤ交給菁菁，然後一同看場電影。

「……」痞蛋呼了口氣，攤攤手說：「西裝有點怪吧，穿跟平常一樣就好了啦……威廷，你眞的不怕夢兒的影片喔？」

「不怕啊，怎麼了，就跟你說是假的了。」威廷啊了一聲，站定腳步，歉然地對痞蛋說：

「我突然想到，我昨天跟菁菁約好，今晚要聊視訊，討論明天看完電影之後要去哪兒，嗯嗯，所以你明天晚上再來我家好了……眞不好意思……」

「喔……」痞蛋聳聳肩，一來有些失落感，一來則有些如釋重負，因爲如果他和威廷一塊看夢兒的影片，那麼他沒辦法矇混過去，那讓他十分掙扎，如今威廷想和菁菁視訊，痞蛋也可以放鬆，他不太想繼續這個遊戲了，便連威廷似乎也不再像以前那樣熱衷用恐怖影片整人，威廷將大部分的時間，都花費在燒錄日劇、綜藝節目、溫馨有趣的影片等等，而不像之前將時間花在死人圖上。

痞蛋孤單地回到家，他媽媽早早燉了雞湯，痞蛋也乖乖地喝完。

「二哥這幾天變了。」「對啊，變比較乖了，很奇怪，很不正常。」大妹和二妹看著安靜喝湯的痞蛋，如此討論著，若是以往的痞蛋，很有可能會處心積慮地找機會將雞骨頭扔入兩個妹妹的碗裡，然後笑嘻嘻地任她們唾罵。

「你生病了嗎？是不是身體不舒服？」媽媽見到如此沉悶的痞蛋，也覺得古怪，探手摸了摸痞蛋的額頭。

爸爸倒是不以爲然地說：「人家調皮就說人家白目，人家乖就說人家有病，妳們女人很難伺候。」

然後便是三個女人對一個男人的論戰，痞蛋對他們的口舌之爭一點也沒有興趣，他再盛了碗湯喝下，便將碗筷收去廚房。

痞蛋大了個便，又洗了個澡，他回到房間坐在電腦桌前發了十分鐘呆，這才開機上網，威廷仍然離線，夢兒的部落格也並未更新。痞蛋不安地看著漫畫，不時注意線上狀態，時間不知道過了多久，兩個小時或者更久，威廷這才上線了，十分鐘後，夢兒也跟著上線，痞蛋向威廷打了招呼，卻得不到回應，他心想威廷此時應該興致勃勃地一面和菁菁視訊，一面等著夢兒部落格中的影片更新，或許還同時扮演其他身分，在聊天室裡尋找新的獵物呢。

痞蛋再一次地進入夢兒部落格時，終於見到了最新更新的文章，但他沒有開啓文章中的影片，他等了許久，終於等到了威廷的留言感想：「夢兒姊，我不得不說，昨天鋸手、今天鋸腳趾，都是老梗，換點新花樣啦！要不要我介紹幾部片啊，快更新照片喔，我等不及了，快把襯衫脫掉，嘿嘿。」

痞蛋抿了抿下唇，有樣學樣地打了字，留下自己的「感想」：「對啊對啊，一點意思都沒有，不好玩啦，我要看照片，快貼照片！」他這麼貼完，便直接進入相本，拚命地按重新整理，三分鐘後他見到夢兒更新上去的新照，一張是解開襯衫上數枚鈕子，一張是脫去了整件襯衫。

「呵，讓我算算，一對耳環、胸罩跟內褲、戒指、項鍊……再三天我們就要讓夢兒姊妳就一絲不掛了。」威廷留下對夢兒照片的感想。

痞蛋也隨意留了言，但他仍然沒有看那影片，雖然影片的血腥程度未必比以往他看的那些死人圖、恐怖影片來得嚇人，但不知怎地，當他意識到這是活生生，且有可能是正在發生中的一件慘事時，他便覺得相當地不舒服，無法再以嬉鬧的心態去觀賞了。

他將雙腳縮在電腦椅上，漫無目的地在網路上閒逛，也不知過了多久，他想變換姿勢，突然眼前一黑，同時他聽見兩個妹妹發出的驚叫聲。

「搞什麼啊，這時候停電！」媽媽也在客廳叫罵，她喜愛的連續劇正演到精彩的時候。痞蛋跳下座位，開門出房，客廳一片漆黑，便連玻璃門外的街上，也烏漆抹黑一片。爸爸從櫃子中找出了手電筒四處探照，兩個妹妹則點燃香水蠟燭，嘻嘻笑地享受著難得的停電娛樂。

痞蛋搔著頭回房，他愣了愣，他的電腦螢幕仍是亮的，不是平常時的亮，而是一種微弱的瑩光，朦朧閃動著，像是夢境裡的光，痞蛋呆愣了許久，這才意識到停電時分，電腦螢幕仍然發亮，是一件不正常的事。

「咦咦……電回來了嗎？」痞蛋呢喃自語，他很快發現電並沒有回復，他的房間仍然暗著，電腦主機指示燈也是一片漆黑，房間之外同樣漆黑。

只有螢幕亮著，且亮得十分詭異。

螢幕閃動，出現了畫面，那是他剛剛逃避了、不想看的那支影片。

影片中的女孩表情扭曲到了誇張的程度，痞蛋看過許多四分五裂的慘死圖片、看過處死戰犯的槍決影片、看過自殺瞬間的射殺影片，但他從未看過如此清晰、如此近距離之下，一個女孩被鋸腳趾的影片，鏡頭晃動著，女孩的尖嗥聲、男人的興奮呼吸聲、鋸子的扯動聲，與女孩肢體激烈的掙動撞地聲，融合成一齣恐怖樂章，一聲聲透過痞蛋的耳朵敲入心肺。

鏡頭上下晃動著，像是男人單手持著拍攝機器，一會兒照女孩的臉，一會兒照女孩受刑的腳，他以右手持著鋸子，當鏡頭再一次從女孩猙獰的臉龐上向下滑動時，女孩的腳趾從三隻變成了兩隻。

「唔唔……」痞蛋覺得腹部到頭頂都發出了一種昏眩感，像是肚子裡有什麼東西想要往外跑似的，他一彎腰，吐了起來。

「啊，兒子啊，你怎麼了？」媽媽拍著痞蛋的背，關切問著。

「唔唔……」痞蛋又嘔了幾口，這才回神，他喘著氣，盯著螢幕，螢幕漆黑，除此之外，房間是亮著的，客廳也亮著，電力回復了。

「咳咳！」痞蛋乾咳幾聲，在媽媽的攙扶下，去了廁所洗臉，他回到房間，他爸爸已經替他將嘔吐物清理乾淨了，對他說：「我還以爲你這小子轉性了，原來眞生病啦？」

「好像有一點發燒啊，要不要去看醫生啊？」媽媽摸了摸痞蛋的額頭，倒了杯溫開水給他。

「我睡一下應該會好一點，我明天自己去看醫生好了？」痞蛋昏昏沉沉地這麼說，但是當他爸媽要離開房間時，他卻又因爲恐懼而跳下了床，他驚慌地喊住了爸媽，且開啓電腦，口齒不清地說：「你們看一下這個，是不是應該報警啊……」

「什麼？」痞蛋爸媽互視了一眼，不明所以，但他們還是耐心地等電腦開機連線後，看著痞蛋開啓瀏覽器，進入我的最愛當中一串網址，那是夢兒的部落格的網址——

空空如也，彷彿是剛建立的帳號，一篇文章也沒有，點入相本，只有幾張風景照。

「咦咦？」痞蛋反覆檢視著網址，他連上ＭＳＮ，威廷早已下線，夢兒也不在線上，他轉頭向爸爸說：「有個女人在網路上貼殺人影片！」

「你說什麼？」老爸和老媽聽得丈二金剛摸不著腦袋，痞蛋本就笨拙，此時受了驚嚇，說起話來更是七零八落，最後他開了資料夾，開啓幾部車禍慘死影片。

「么壽喔！這什麼鬼東西！」媽媽驚訝地拍了痞蛋後腦勺一下。

「兒子啊，你要看也看Ａ片，看這種影片是哪根筋不對啊？」老爸攤著手罵。

最後，在媽媽的命令下，他將資料夾中百來張死人圖和幾十部恐怖影片全刪光了，痞蛋並沒有供出這些影片的提供者是威廷，他只是含糊不清地說有人在網路上貼殺人影片。痞蛋爸媽做出決議，這幾天要找個空閒時間，帶這傻兒子去收驚，他們一致認爲，痞蛋被這些么壽圖片和么壽影片給「嚇到了」。

□

痞蛋在刺眼的晨光中醒來，他茫然地用過早餐後，便被媽媽拉去附近一間廟宇，在廟祝又叫又跳地替他收驚，最後喝下媽媽以三千元購買的符紙燒成的水後，腸胃不適地返回了家。

在傍晚時分，他撥了電話給威廷，無人接聽，威廷的父母仍分別在外地工作，威廷似乎也不在家中，跟著他撥了威廷的手機，卻撥不通。

這天他不敢開機上網，也不想開機上網，他早早地上了床，隨意翻看了兩本漫畫，便要入睡，但他在闔上眼的同時，他聽見電腦那頭發出了極微弱卻又十分清晰的聲音，那是啜泣聲。

他睜開了眼睛，螢幕又出現了和昨晚一樣的迷濛光芒，那白人女孩發著抖、啜泣著，身子不停地向後背的牆擠去，彷彿要將自己壓碎在牆上一般，女孩的眼睛注視著前方，她離鏡頭越來越近——應該說，是持著攝影器材的男人，離她越來越近，痞蛋聽見了男人向那女孩發出了低沉而噁心的打招呼聲。

女孩不可自抑地嚎叫起來，但她無法用尖叫聲將眼前的魔鬼驅走，相反地，她的尖叫聲有如助興劑般地讓男人更加興奮了。

痞蛋身子顫抖著，他不停地想要將身子向後縮，他也想用棉被遮住頭，但此時壓在他身上的棉被彷彿有千斤重，他連將被子往臉上拉的力氣都沒有，他只能顫抖著，見到那女孩本來完好的左腳掌，變得和另一隻不像腳的腳一樣了。

痞蛋在極度驚恐中墜入了夢鄉，在夢境中他反覆不停地見到那白人女孩受刑的畫面，和她淒厲的求饒哭嚎。

痞蛋甚至見到了一個陌生男人的恐怖笑臉在他面前晃呀晃的，他幾乎覺得自己變成了受害者，極度絕望、極度恐懼、極度痛苦。

最後，在四周慘景逐漸退去時，他見到了夢兒，夢兒身上仍穿著內衣和內褲，動作緩慢地裹上一層薄紗，微微笑著盯著痞蛋，痞蛋在夢中似乎聽見她在說話，說的似乎是：「小弟弟，我們的約定不能隨意中斷喔，一定要玩下去，你沒有留下感想，所以也看不到想看的喲，嘻。」

05 網咖驚魂

週日，痞蛋吃完了早餐，喝了收驚的符水後，便匆匆地離開了家，外頭的陽光要比房間裡亮白日光燈讓他安心，但他卻沒地方好去。他搭乘公車，來到威廷家社區大廈警衛室外，他按了威廷家的電鈴，卻無人應答，他撥打手機給威廷，仍和昨晚一樣，威廷家裡電話無人接聽，手機則撥不通。

痞蛋茫然地在街上踱步，直到天色漸漸地轉黑了。

他不能繼續在外頭逗留了，只好回家，他食而無味地吃了晚餐，喝下最後一帖符水，在反胃不適的情形下縮進了被窩，他特地拔掉了電腦插頭，一跳上床立刻用棉被蓋住了頭。

喀啦——

喀啦——

這是什麼聲音？痞蛋在棉被中窩了三分鐘，在窒悶不適之中，聽見了床邊發出來的怪聲。

痞蛋猶豫著不知道該不該探頭出被窩察看。

喀啦啦——那聲音離他更近了。

痞蛋掀起棉被一角，從棉被和床鋪間的縫隙向外頭看，他見到本來貼著牆的電腦桌，不知為何離開了牆壁約有十來公分。

喀啦啦——痞蛋陡然一驚，電腦桌又動了，離牆三十公分，離床則近了些，就像是，有一雙無形的手，在挪動著電腦桌，使之和痞蛋的被窩更加地靠近。

痞蛋感到呼吸窒難，他發現方才拉起的棉被縫隙怎麼也無法蓋回，他的手僵凝著，棉被像是石化了般，他整個人，像是被定住了似的，一動也不能動，他只能不停吞嚥著口水，眨著眼睛，看著電腦桌不停向他推進。

喀啦！就在電腦桌貼上床沿時，桌上的液晶螢幕無端端地翻倒塌下，恰好便掛在桌沿，上下顛倒地對著掀開來的棉被縫隙。

痞蛋發現自己連眨眼都沒辦法眨了，當然也無法將眼睛閉上，他只能顫抖著，再一次地見到螢幕閃動起迷濛的光，然後是漆黑，然後又出現光，他見到鏡頭在晃動，他聽見了口哨吹成的樂曲，持著攝影器材的男人，正一步步地往下走，一隻大手推開了一道暗褐的木門，痞蛋幾乎能夠聞到氣味，血腥味、腐臭味。

跟著，他聽見女孩發出來的虛弱的嗚咽聲，他感到自己的心情便和那白人女孩連在了一起，他能夠感受得到女孩這時的恐懼，折磨又要來臨了。

他先是見到身上披了條毯子的女孩，蜷縮在牆角，男人嘿嘿笑著，一把扯開了毯子，痞蛋咕嚨一聲，又想要嘔吐，但是他忍住了，他見到女孩的雙腳變成了光禿禿的兩個長形板狀物——沒有腳趾。

女孩雙腳傷處經過簡易的治療處理，這能夠延長她存活的時間，等於延長了男人遊戲取樂的時間。

男人搖晃著攝影機，對女孩的哭泣聲發出戲謔的嘲笑，彷彿在考慮這天要玩的遊戲內容。男人似乎決定好了，他將攝影機擺放在一處角落，正好能夠對著女孩，男人大步邁去，抓起了女孩的一隻手，用他粗大的手指，撥弄著女孩纖細的手指，同時他發出如同野獸一般的喘息聲，痞蛋大約知道男人這次的遊戲目標了，他想讓女孩的手，變得和她的腳一樣，但是這次他手邊沒有鋸子或是利刃之類的工具，而是抓著她的手，將之拿到口邊，痞蛋明白了，這次男人使用的工具，是他的牙齒。

「不要……不要……」痞蛋淚流滿面，他感到自己再也忍受不了了，但他的眼睛閉不上，掀起的棉被拉不下，他的口僅能微微發出嗚咽聲而無法大叫，他的身子僵硬得如同冰庫中的凍魚，電腦螢幕閃爍著的畫面讓他永生難忘——他見到女孩的手逐漸地「變少」，甚至，變短了些。

不知道過了多久，男人的動作似乎讓樓上的電話鈴響給打斷，男人不耐地起身，取出手帕擦拭身上的血跡，然後匆忙地上樓，留下了不停抽搐的女孩。

痞蛋呆愣愣地望著女孩伏在地上一動也不動，鮮血流了一地，一時也難再多想她後續處境，只覺得自己差不多接近崩潰的臨界點了。他昏沉沉地維持著古怪僵硬的姿勢進入了夢鄉。

在他第二天起床時，他發現電腦桌已經回到了原位，且螢幕也好端端地擺正，他開始懷疑昨晚，甚至前晚所見，都是他的惡夢，但他卻不敢上網和夢兒確認，他再也不想上她的部落格。

他做出決定，一定要跟威廷說分明，他想結束這個遊戲，他不要玩了，他不要嚇人了。但是讓他更加無措的是，這天威廷竟未到校上課，甚至連病假或是事假都沒請。

威廷失蹤了。

「怎麼辦……」痞蛋傻愣愣地吃完了午餐，傻愣愣地在走廊看著遠處，傻愣愣地放了學，在學校附近的公園遊蕩，他不停呢喃著：「怎麼辦？」

「會不會是……我沒有留言的關係？」痞蛋坐在公園長椅上，突然有些醒悟，他想起夢兒的衣服脫到剩下了耳環和內衣內褲，那麼只要他和威廷合力再看兩次影片，就能讓夢兒裸身了，他的消極逃避反而延長了遊戲時間。

當他想到這點時，便迫不及待地想要上網結束這一切，他甚至等不及回家，便來到了公園附近的一間網咖，那是間髒髒舊舊小小的網咖。

顧店的是個五十來歲的大嬸，店內昏昏暗暗，痞蛋包了一小時台，又另外付了二十元選了杯冷飲，經過幾個叼著菸，呼呼哈哈地打著遊戲的男孩身邊，來到了自己的座位。

他連上線的同時，卻想起自己一直都是從瀏覽器功能中的「我的最愛」直接進入夢兒部落格，此時網咖電腦當然不會有屬於他的「我的最愛」分類欄目，他遲疑了半晌，在部落格社群主頁中的搜尋欄裡胡亂打了幾個關鍵字查詢，自然是一無所獲，他安裝MSN並且開啓，使用離線狀態登入，夢兒正在線上，威廷則不在。

痞蛋遲疑著，不知是否該將狀態改成「線上」，他得趕緊結束這個遊戲，但他相當害怕夢兒，他相信夢兒所言不假，他相信夢兒來自地獄。

他沒有猶豫太久，但他也沒有做出決定，他面前的鍵盤自己動了起來，啪嚓啪嚓，一串字母自動地出現在網址欄中，最後是Enter鍵，網頁切換，進入了夢兒部落格。痞蛋當然驚恐，但他並沒有逃跑，他本來就要進入夢兒的部落格做個了結。

他點入昨天和前天的文章，發現威廷都有回覆，但語氣卻和先前的從容大不相同，前天的文章回覆是：「這是什麼？爲什麼妳能拍到這個影片？妳到底是誰？」

而昨天的文章回覆則是：「妳這個惡魔，我不會讓妳得逞的！妳有膽接受我的挑戰嗎？妳以爲只有妳會嚇人嗎？告訴妳，我蒐集的影片快一百部，其中有一半都可以嚇到妳，妳敢不敢接受我的挑戰？」

而夢兒的回覆則是：「好啊。」

痞蛋顫抖的手，分別在兩則文章底下做出了回應，第一則是：「我看完了。」第二則仍然是：「看完了。」這次他不敢以挑釁的語氣說些「沒什麼嘛」的廢話了。

跟著，他點入相本，由於威廷這兩天仍有回應的關係，因此夢兒的相本仍然有更新，她摘去了左耳和右耳的耳環，只剩下內衣內褲了，倘若今晚威廷和他都發表了留言，那麼這個遊戲應該就會結束了——如果夢兒內衣底下沒藏其他的配飾之類的話。

痞蛋將畫面切回部落格，點入夢兒最新發表的文章，發表時間就在不久之前，裡頭仍然是一支影片，痞蛋遲疑著，他想起昨晚所見，那女孩已經死了，這次的影片會是什麼？難不成女孩沒死？難不成女孩變成了鬼？就在他胡思亂想之際，影片自動播放了。

畫面昏黃黯淡，有種莫名的熟悉感，是哪裡？

畫面出現一個個閃動的螢幕，到底是哪裡？

畫面出現一個個腦袋，且伴隨著遊戲音效和髒話叫罵聲——

是一間網咖，就是這間網咖，是這裡。

痞蛋一愣，他見到畫面出現一個人的後背，是他自己，那就像是有個人站在他的背後，拍攝他正在上網的後背。

痞蛋猛而回頭，見到的是那顧店的大嬸，那大嬸用一種奇異的、冷漠的目光注視著痞蛋，讓痞蛋起了一身雞皮疙瘩。

「柳橙汁。」大嬸將痞蛋點選的冷飲遞去，痞蛋戰戰兢兢地接過，但那大嬸足足又站了一分鐘有餘，這才緩慢地轉身，朝櫃台方向走去。

「……」痞蛋啜飲一口柳橙汁，還因爲緊張而嗆咳了一陣，他轉頭，將目光轉回電腦螢幕，影片畫面仍然在網咖中，畫面不停地在網咖裡頭，時而遠鏡頭，時而是特寫，諸如菸灰缸、客人的手、椅子、電腦主機，就好像有一台裝設了攝影機的隱形遙控直升機在這間網咖中飛行、四處拍攝。

痞蛋發出唔唔的聲音，戰戰兢兢地看，畫面又帶到了他的後背，他猛而轉頭，後頭空無一物，他吸著飲料，藉以緩解強烈的緊張感，他的目光在螢幕影片畫面，和自己的背後兩處游移，那架「裝設了攝影機的隱形遙控直升機」似乎離他越來越近，這讓影片畫面當中的主角成爲了他自己，畫面繼續逼近，他見到了自己的鞋子，他見到自己桌下的電腦主機，他見到自己的書包，跟著見到自己的手部特寫，和手上拿著杯子的特寫。

他見到了，杯子裡有東西。

手指。

噗——痞蛋將甫吸入口中的柳橙汁噴了一整個螢幕，他駭然地將那透明杯子拿到眼前晃動，在橙黃柳橙汁裡頭，似乎眞的有一截東西，他將杯子舉高，看著杯底，杯中那東西下沉，貼上透明杯底，那確然是一截手指。

「嘔！」痞蛋又吐了，吐了一地，他大叫幾聲，將杯子砸在地上，他抬起頭，見到影片畫面陰暗，勉強可以見到一把斧頭，那是一把藏在桌下的斧頭。

跟著是一隻圓潤的手，抓住了斧頭，畫面流動，那手將斧頭抽出桌下，跟著畫面中的正中央，對準了遠處的自己——這畫面呈現出的直觀解讀就是，有個傢伙從桌下拿起了斧頭，然後看著正在上網的痞蛋。

「喝……」痞蛋赫然轉頭，他見到那人正是顧店的大嬸，大嬸的雙眼睜得極大，眼中布滿血絲，右手抓著一柄短斧，而店中的客人，竟全不知道上哪兒去了，留下一台台呈現著仍然進行中的遊戲或是網頁的電腦，以及痞蛋，以及大嬸。

「妳……妳的果汁裡有手指……」痞蛋直覺認爲那大嬸是因爲他將果汁噴在螢幕上而發怒，便這麼解釋。

那大嬸並沒有說話，而是稍稍舉起她的左手，愣愣看著，痞蛋嘔了一聲，又要吐了，他見到大嬸左手小指處是空缺的——那截手指，是大嬸的手指。

大嬸將左手放下，朝痞蛋大刺刺走來。

「啊，妳……妳想幹嘛啊！」痞蛋驚慌地離座，同時用眼角餘光看了看螢幕，螢幕上的他已經開始被大嬸斬殺，渾身是血，就如同慘劇的預告一般。

痞蛋當然不願這樣景象眞實發生，他得逃跑，他拉出一張椅子，奮力地舉起，朝大嬸擲去，大嬸不避不閃，椅子便也不偏不倚地砸中了大嬸的臉和胸口。但這記拋擲卻無法阻止大嬸，大嬸仍直直走來，臉上仍然面無表情。

「救命啊！」痞蛋拚命想逃，網咖中除了兩端牆壁貼靠著整排電腦之外，中央處也擺放著一排電腦，痞蛋便藉著擺放在中央的這排電腦作爲屏障，和大嬸追逐著，大嬸步伐變得十分快，痞蛋則是左右移動，他見大嬸從其中一邊趕來，便往另一端跑。

大嬸來回追了一陣，停下腳步，此時痞蛋仍被逼在網咖深處，他見到大嬸一動不動，以爲她因爲追不到自己，而要放棄了，卻沒想到那大嬸一伸手，將本來貼靠在牆邊的電腦，一台台地往這圈形走道上拉，她力氣大得誇張，那直接裝釘在牆上的木製電腦桌被扯裂散落，一會兒不到，電腦椅、主機、螢幕、桌子，在圈形走道的其中一端形成了路障。

跟著，大嬸像是一隻矯健的豹子，一躍上了中央那排電腦桌，踩著電腦桌朝痞蛋逼去。

「哇！」痞蛋駭然，這大嬸的行跡已不像是人，更像是披著人皮的厲鬼，他試著往那沒有路障的一端奔去，但大嬸既然堵著了圈形走道的其中一端，此時行走的路線自然便偏向另一端，讓痞蛋無路可去。

痞蛋開始將身旁的電腦椅、螢幕紛紛舉起，朝大嬸亂拋，有些砸在了大嬸身上，卻都沒能將大嬸砸下電腦桌，痞蛋大叫一聲，在那大嬸離他只有幾步不到的距離下，扛著一張電腦椅，奮力地向前衝著，由於大嬸的身子偏向圈形走道無路障那端，因此痞蛋只能朝著堆滿了斷裂木桌、主機螢幕的那端逃去，他畢竟是個十來歲的少年，身手矯健，幾步就衝到了路障前，一翻身就要翻過那橫擋著路的電腦桌，但便是差了一點——他的後腳跟，讓緊追在後的大嬸緊緊地抓住。

痞蛋趴在橫擋著路的電腦桌上，回頭，只見到大嬸用那缺了小指的手抓著他的腳，另一手握著斧頭，高高地舉起。

「哇！」痞蛋駭然閃身，斧頭重重落下，斬在痞蛋身旁的電腦桌上，這斧落得非常重，深深地嵌進電腦桌板上，大嬸機械式地扯動著斧柄，要將斧頭抽出。

「救命！放手！怪物啊！」痞蛋則不停地掙扎，用另一隻腳，奮力亂踢亂蹬，終於踢開了大嬸的手。他翻身摔在電腦桌另一端，踉蹌地爬起朝櫃台跑、朝店門口跑，他心慌意亂，他知道自己仍然沒有在夢兒的最新文章裡留下感想，遊戲仍在進行，他衝出店門，外頭天色轉暗，痞蛋開始後悔爲什麼不回家上網，偏要上那網咖，但他隨即想到，在網咖上網，顧店的大嬸拿斧頭斬他，若是他回家上網，夢兒便會放過他嗎？當然不會，他感到前所未有的絕望和無助，他必須上網留下最後一則感想，但他可不想被兩個妹妹或是爸爸媽媽拿著斧頭亂斬，他家雖然沒有斧頭，但有菜刀、剪刀、水果刀——和鋸子，他老爸偶爾會用鋸子將一些老舊家具解體之後，釘成新的家具——他一想起鋸子，就想起了那個可憐的白人女孩。

痞蛋漫無目的地朝著公車站牌跑，他在離站牌十來公尺處停下腳步，他看見那個網咖大嬸竟早他一步來到了站牌前，直直站著，目光空洞地望著他。

「啊！歐巴桑神出鬼沒！」痞蛋慘叫一聲，轉身奔逃，他途中屢次因爲力竭而緩下腳步喘氣，都會見到那網咖大嬸站在離他不遠的地方，望著他，然後朝他走來。

「媽呀，妖怪啊！」痞蛋在公園旁的人行道虛弱奔著，只覺得自己的雙腿越來越痠疼，胸口更像是要炸開似的，他感到天旋地轉，他不經意地一回頭，見到那網咖大嬸離他更近了，痞蛋吁出一口氣就要向前撲倒。

一隻手托住了他，是威廷。

「啊……啊……」痞蛋口唇發白、眼睛大睜地看著威廷，像是溺水人搆著了浮木般地緊緊抓著威廷手臂。

「放手，快起來，她過來了！」威廷大叫，他反手抽出了揹在背後的鋁棒，一面甩著痞蛋的手，一面瞪視著朝他和痞蛋走來的網咖大嬸。

「你……怎麼……知道我在這裡？」痞蛋撐起身子，一面喘氣一面看看威廷，又看看那大嬸。

「我在夢兒部落格上看到你被追殺的畫面……」威廷拉著痞蛋向後退，同時揚起手上的鋁棒，直直指著那緩步而來的大嬸。

大嬸頓了頓，望著威廷手上的鋁棒，然後，也舉起了手上那柄短斧。

「鋁……鋁棒打得過……斧頭嗎？」痞蛋喘著氣問。

「打你個頭，快走啦！」威廷揪著痞蛋轉身奔逃。

「要逃到哪？」痞蛋問。

「我家！」威廷喊著，他們拔腿狂奔，時而回頭，那大嬸像是鬼魅一樣地跟在身後，不快也不慢地跟在他們身後不遠處。

威廷和痞蛋奔入靜巷，奔過社區大門、森嚴的警衛室、華美的中庭，然後奔入電梯，按下威廷家所在樓層。

但電梯門卻沒有如期地關上──被一柄突然伸入的斧頭卡住了。

「哇哇哇！」「哇啊啊啊啊──」威廷和痞蛋不可自抑地驚駭大叫。網咖大嬸雙手抵住了電梯漸漸閉合的門，右腳跨進電梯。

「別讓她進來！」威廷舉起鋁棒敲打著網咖大嬸手上的斧頭，痞蛋也抬腳踹著大嬸伸進電梯中的腳，但大嬸像是金剛附體一般力大無窮，她揮動斧頭擋開威廷的鋁棒，同時左手也伸入電梯中，揪著痞蛋的領口就往電梯牆上撞。

大嬸擠入電梯，電梯門再次閉合，緩緩上升，自然極不平靜，威廷和痞蛋吃力地對抗著大嬸，威廷的鋁棒讓大嬸的斧頭劈出了好幾道深痕後落了地，他只能奮力抓著大嬸握斧頭的手腕，他得用盡全身的力氣，才能讓大嬸的斧頭不至於落在他或是痞蛋的身上。

而痞蛋，一張臉漲得發青發紫，他讓大嬸用左手勒住了脖子，他不停地以手肘反撞大嬸的肚子或是抬腳往後蹬，但這當下的大嬸如同武俠小說中的硬底子高手，或更像隻發了瘋的水牛，她手臂上的肉軟綿綿的像是滷過的五花肉，但是臂骨卻和挖土機的怪手一樣剛猛，電梯一層層向上，就快要到達威廷家所在樓層，但痞蛋覺得自己的小命恐怕會在電梯門開之前就不保了，他的眼前都發黑了。

「放手！放手！」威廷抓著大嬸的手腕奮力一推，將她推得撞在電梯門上，在此同時，電梯也停下了，威廷大喊著：「笨蛋，快反抗啊！」

「唔唔……」痞蛋聽見威廷的吼叫，略微回了回神，他繼續出力反擊大嬸，他用了吃奶的力氣將大嬸的手臂扳開了些，使得脖子騰出些許空間，然後他張大了嘴巴，咬！

「喝！」大嬸生氣了，本來面無表情的臉上現出了怒意，她身子掙動推擠，拖著威廷和痞蛋不停地在狹小的電梯空間中繞轉翻撞。

威廷和痞蛋同時出力壓著大嬸撞上其中一面牆，這使得大嬸鬆開了手，痞蛋終於擺脫大嬸的勒頸，同時，電梯門開啓，威廷和痞蛋趕緊向外退，大嬸猙獰著要追，一把揪住了威廷的領口，卻又急急縮回了手，像是被針扎了一下般，同時，她踩著了落在地上的鋁棒，腳一滑摔了個天地翻轉，威廷也不客氣地補上一腳，跟著趕緊退逃。

「快！」電梯門一關閉，威廷立刻拉著痞蛋向家裡逃，他匆匆取出鑰匙，打開自家鐵門，他有些慌亂，他聽見身後的電梯門再度開了。

他打開第一道門，又打開第二道門，兩人閃身進房，重重地關門、上鎖，再關第二道門、上鎖，痞蛋心驚膽跳地透過門板上的監視洞孔，見到那大嬸已經身在門外，他正想要看仔細些，就聽見轟的一聲巨響，他嚇得向後跌倒，那是大嬸持著斧頭劈在門上的聲音。

碰碰碰——一聲聲的斧劈聲落雷似的，嚇得兩人雙腿抖個不停。

「她會不會把你家門砍壞啊？」痞蛋顫抖地問。

「我家門很堅固，她砍不壞啦！」威廷拉著痞蛋，往房間奔，一面說：「快上線，跟那個女人把話講清楚！」

「她到底是什麼人？」痞蛋慌張地問。

「你還搞不清楚嗎？她應該……不是人。」威廷苦笑。「我們終於碰到惹不起的傢伙了。」

「那你要怎麼跟她講清楚？」痞蛋讓威廷拉入了房間，不安地問。

「如果她說話算話的話，那應該還有辦法……」威廷快速坐回座位，他的電腦早已開啓，MSN呈現「離開」狀態，夢兒正在線上，且畫面中還保持著和威廷對話的視窗，威廷吁了口氣，甩了甩手，這才將MSN狀態改成「線上」。

「嗨。」威廷傳了個訊息給夢兒。

「**藍洋弟弟，這次有怕到嗎？**」夢兒回應。

「那個歐巴桑有點嚇人，不過她不算妳的影片範圍內吧，她是眞實世界裡頭的人，而且她再厲害也不過是個歐巴桑，如果妳能變出一個妖怪或是吸血殭屍出來，那應該可以把我們嚇死。」威廷這麼回應。

「殭屍啊，點子不錯耶，不過今天的影片你們已經看了，得等明天囉。」夢兒回應。

「過十二點就算隔天了，我想要速戰速決，今晚就扒光妳，時間一到妳就貼影片吧，妳也別忘了昨天答應的約定！」威廷雙手微微顫抖，但他似乎不想在氣勢上被比了下去，所以敲擊鍵盤時的力道特別地大，同時外頭那大嬸的斧劈聲仍然響亮得嚇人。

「如你所願，呵。」夢兒這麼回應，還加上了個微笑的表情符號。

「叫那個怪胎不要一直砍我家鐵門啦，很吵耶，我要專心挑一部嚇死妳的影片。」威廷傳訊。

「嘻。」夢兒離線，門外的斧劈聲旋即停止。

「我知道了，她是女鬼……」痞蛋呆呆站著，看著威廷和夢兒對話視窗，沒頭沒腦地迸出這句話。

「不曉得，你自己問她。」威廷轉頭白了痞蛋一眼，跟著盯著MSN聯絡人名單，菁菁尙未上線，他呼了口氣，再次轉頭向痞蛋說：「別像個傻瓜一樣坐著，你會用微波爐嗎？」

「會啊。」

「冰箱有微波食物，你看看想吃什麼吧，幫我也弄一份，今晚要打仗了。」威廷這麼說。

「喔……」痞蛋起身，來到門口時才回頭望著威廷，不解地問：「打仗？」

「就是跟夢兒決一死戰啊！贏了就扒光她，結束遊戲。輸了，嗯嗯，我也不知道會發生什麼事了。」威廷苦笑說。

「對了，你怎麼沒來學校上課啊？」

「在逃命啊，跟你一樣！」威廷催促地說：「快去弄飯啦，我餓死了，弄好了我再跟你講到底發生了什麼事。」

□

「啊？你說她是惡魔？」痞蛋扒著飯，喝了口飲料，咕噥地說。

「不知道，是她自己說的。」威廷聳聳肩，咬了口肉，說：「這幾天你都在幹嘛？都不上線，我一個人跟她玩，快被玩掛了！」

「我……」痞蛋感到有些愧疚，他抓抓頭，也不知該說些什麼。

「我本來也沒把她的影片放在眼裡，那個外國女生最後死了，我都覺得她只是在演戲，但夢兒之後新貼的影片眞的嚇到我了……我從小到大，沒有那麼怕過……」

「什麼影片？」痞蛋問。

「你還記得志華嗎？」威廷吁了口氣。

「就是那個喜歡你的同性戀？」痞蛋問。

威廷翻了個白眼，緩緩述說起前兩天發生的事——

06 身不由己之約

兩天前，那是個爽朗的週末，威廷起了個大早，獨自用過早餐，他笑著向他那準備趕著出國談生意的老爸打招呼，然後一個人傻愣愣地在家中踱步，他不時會跑入廁所，對著鏡子照照臉，檢視有無冒出的痘子，或是髮型、或是黑眼圈，他對今日和菁菁的約會既期待又興奮。

當然，他仍然沒有忘記和夢兒約定的挑戰遊戲，夢兒更新部落格的時間並不固定，有時是下午、有時是傍晚，有時也可能在早晨和深夜，當威廷習慣性地開啓MSN，見到菁菁和夢兒同時都在線上時，他突然感到些許罪惡感，這是他以往從未有過的感覺，他對自己和夢兒對話時所扮演的角色感到有些厭倦。他先是向菁菁打了招呼：「我準備好了耶，不過時間還很早，時間過得好慢喔。」跟著再向夢兒打招呼：「今天的影片什麼時候會更新啊？我今天還有事耶。」

「別急哟。」夢兒這麼回應：「今天我會給你一個驚喜喔。」

「什麼驚喜啊？該不會是多脱一件吧？」威廷這樣回應，但當他將這則訊息傳出，且將視窗切回與菁菁的對話時，那種不安的罪惡感再次地浮上心頭。

他大概知道原因了，雖然這只是個惡作劇衍生出來的無聊挑戰遊戲，但倘若菁菁知道他和一個陌生女人進行這麼一個怪異遊戲時，還會答應他的邀約嗎？還會每晚和他愉快地聊天嗎？想來是不會了吧。

「到時候你就知道囉。」夢兒回應。

□

「你好，初次見面，請多指教。」威廷僵直了身子，大大地向菁菁鞠了個躬，惹得菁菁忍不住掩嘴竊笑。威廷的腰還沒挺直，這才意識自己這個動作確實相當奇怪，這是他老爸在接待一些日本貴客時的動作，威廷看得多了，記在心中，在見到菁菁的那個當下，魂魄讓九十九隻小鹿撞得分不清東南西北的情況下，身體便不由自主地做出這個他潛意識中認定是極度禮貌的九十度鞠躬動作了。

他們在見面地點附近的速食店交換了日劇燒錄ＤＶＤ和一條圍巾，圍巾的質料並不高級，甚至於和威廷平時穿著的衣料相比，算是十分廉價，但威廷將之托在手上卻感到無比的紮實，這是條手工圍巾。

「我替我媽打了一條圍巾，毛線還有剩，就幫你也打了一條。」菁菁笑著說：「你傳了好多日劇給我，又幫我燒錄ＤＶＤ，算是謝禮啦。」

「謝謝妳。」威廷咧開嘴笑得比這天的太陽還要燦爛，但是當他們的話題從日劇、圍巾轉移到平日興趣時，威廷的笑容便僵硬許多。他遲疑地說：「看電影、看一些書……或是聽一些音樂……」

「是喔，你最近看了什麼電影、哪些書跟哪些音樂啊？」菁菁問。

「嗯……」威廷想了半晌，他的時間跟一般人一樣，當他每天在網路上花費許多時間蒐集死人圖片、車禍影片，甚至自己合成、自己製作那些玩意兒時，他又哪來多餘的時間去看書、看電影、聽音樂呢，他在剪接那些恐怖影片時，聽的多半也都是慘叫音效，或是恐怖電影的配樂。

「嗯……我還滿喜歡看鬼片的耶，例如最近有一部……」威廷嚥了口口水，想起前幾天剛找到的鬼片，他其實沒有仔細看，他大都是將之快轉，找其中可以用的嚇人場面，但整體來說，那些場面此時還是派得上用場的，他稍微敘述了那個鬼片當中的驚嚇場面。

「你膽子很大，我都不敢看恐怖片。」菁菁這麼說：「尤其像是什麼電鋸殺人魔那種的片子，我不喜歡，好殘忍喔。」

「其實我也不太喜歡那種片子，我主要是看劇情，嗯……」威廷這麼說，他感到有些心虛，但又有些鬆了口氣。起初他有個怪異念頭，那就是倘若菁菁也愛看恐怖片，那麼或許有可能和他一樣喜歡那些死人圖片，甚至可以和他一起玩那些捉弄人的變態遊戲，但他很快地否定了這個想法，連他自己都沒辦法接受眼前這個綁著馬尾、帶著酒窩的女孩對著四分五裂的死人圖片呵呵笑的模樣，這也是當他聽見菁菁說不喜歡殘忍恐怖片後感到略微鬆了口氣的原因。

跟著，他們看了場電影，然後在街上逛了許久，共進晚餐之後，再逛了許久，威廷這才依依不捨地和菁菁在捷運站分別，他對時間竟然過得這麼快，感到有些失落。但他的失落很快地被期待和雀躍趕走，他知道自己快要到家了，到家之後，又可以透過網路和視訊和菁菁討論今天約會的心得感想，和好多好多想說的話。

當然，他還是沒有忘記夢兒的挑戰遊戲，或者說，這件事在今日的約會裡頭，就像是一隻煩人的蒼蠅，總是在他逐漸沉醉於菁菁的甜美笑容時，嗡飛出來在他耳邊打轉，提醒他今日恐怖影片中的女孩身體會缺少哪一部分，或是夢兒會脫去所剩不多的衣物當中的哪一件。

這使得他亟欲盡快結束這場遊戲，卻又不想用認輸來作爲這個遊戲的句點，所以他一上網後，便在第一時間點開了夢兒的部落格網址，等待半晌之後，進入了更新的文章，開啓裡頭的影片——那個日漸憔悴的白人女孩，發出了一陣一陣的啜泣聲，她的啜泣聲隨著鏡頭朝她拉近而加大，變成了重重的喘息聲，那像是一種驚恐至極卻又無力扭轉些什麼的情緒反應，威廷看見女孩的眼睛裡散發著強烈的絕望和驚恐。

「演技還不賴……」威廷哼了哼，他壓根就不相信夢兒這些影片是眞實影片，因爲那並不合乎常理邏輯。

叮咚——菁菁上線。威廷感覺自己的心也被叮咚了一下，猶自嗡嗡作響。

「在幹嘛啊？」菁菁傳訊。

「在想今天的事呀。」威廷輕敲著鍵盤。

「威廷小弟弟，姊姊提醒你，影片要看完喔。」夢兒傳來了這則訊息。

「正在看。」威廷回應，他感到有些不耐，將視窗切回夢兒部落格，畫面當中那個白人女孩，正痛苦嘶嚎著，眼睜睜地看著自己的一隻腳在恐怖的利刃處理下，逐漸變得不像人類的腳。

威廷將影片的音量轉小，雖然他此時並沒有和菁菁使用視訊，但他內心仍然擔心讓這些恐怖殘忍的畫面和哭嚎聲玷污了菁菁的純真。

他一面和菁菁閒聊，一面托著下巴觀看影片，這天的影片比先前幾天長了些，這讓他更加不耐，就當他想要向夢兒抱怨幾句的同時，影片中的女孩暈了過去，而鏡頭也旋即拉高、轉黑，就和先前幾天相同，這意即變態佬心滿意足，他要結束今晚的娛樂了。

然而令威廷迷惑的是，螢幕播放畫面上的影片軸還有一截，這表示影片尚未結束，在畫面一片漆黑之後，旋即再度閃耀起光，是一種奇異迷濛的光，在光的後頭，坐著一個人，那人的神情有些面熟，顯得十分憂鬱——志華，那個一度深深迷戀威廷的男同性戀。

「呃！」威廷兩隻眼睛逐漸瞪大，他不敢相信自己會在夢兒的挑戰遊戲裡見到志華，這比起什麼慘死恐怖圖還要令威廷震驚。

畫面當中的志華，手指修長柔美，他用食指和拇指捏著一柄美工刀，在桌上一張照片輕輕地劃著。

奇異的是，本來如同視訊畫面角度的鏡頭竟緩緩地移動，迫近那張照片，威廷的身子終於不由自主地發起了抖，他終於開始感到害怕了，照片中的兩人，是他和菁菁坐在速食店中談天的模樣。

「這……這什麼意思？」威廷忍不住喊叫出聲，他捏緊拳頭，然後鬆開，驚慌地想要向夢兒質問些什麼，但夢兒只留下一句：「藍洋弟弟，這只是前菜而已喔，明天的更精彩，我們明天見囉，嘻。」

「什麼……什麼！」威廷亂打著鍵盤，敲了些無意義的質問，向已經離線的夢兒傳去，自然沒有得到回應，他強耐著驚懼，將視線轉回螢幕上的影片，志華仍然面無表情地望著桌上的照片，用手上的銳利美工刀輕輕地切劃著，在照片上留下一道又一道淡淡的刀痕，跟著，他看了「鏡頭」一眼，隨即影片結束，只剩一片漆黑。

「嘶——」威廷讓志華臨別前的那一望震懾得久久無法言語，那是一種冰結死寂的眼神，像是看穿了螢幕、看穿了距離，直接看入內心一般。

「不可能！」威廷大大搖頭，他很清楚當初和志華閒聊時，他始終使用假名、假身分和假的照片，即便是偶爾視訊，他也刻意地變裝打扮，志華絕不可能知道他的眞實身分，更沒可能有辦法找著他、跟蹤他，甚至偷偷拍下他和菁菁約會的模樣，他一想到今日的甜甜的約會途中竟多了志華的窺視，就感到強烈的憤怒和不快——儘管他沒有忘記當初捉弄志華的種種情事，但威廷的性格本便驕傲偏激，他的自省能力可遠不如他的鬼腦筋。

「不可能、不可能！」威廷六神無主地搖頭呢喃，他無法理解當下這情形究竟是怎麼一回事，他想破頭也不明白爲什麼兩件毫無關連的事竟會糾結成爲一塊兒。

他猶豫著，茫然無措地在夢兒部落格文章底下留下了他對於今日挑戰影片的感想：「這是什麼？爲什麼妳能拍到這個影片？妳到底是誰？」他本想質問更多，但他腦袋轟隆隆作響，根本無法思考，他僅能留下幾句簡略的廢話代表他看完了影片，跟著他點入部落格相本，看著夢兒又褪去身上一件無關緊要的衣物。

跟著他等了許久，卻不見痞蛋上線，他並不知道痞蛋早已舉起白旗投降，不但被抓去收驚，根本不上網，且仍被強迫觀看外國女孩慘遭受虐的恐怖畫面。

這晚，威廷匆匆地上床，卻遲遲無法進入夢鄉，他感到極度地不安，他在被窩中發起抖來。

不知過了多久，他覺得自己像是睡了許久，又似乎沒睡，在半夢半醒間他見到許多畫面穿梭交錯，都是一些熟悉的網路畫面，ＭＳＮ畫面、各式各樣的網站畫面、大小論壇畫面、影片播放程式畫面……跟許許多多他以往四處蒐集的慘死圖片、恐怖影片等等，他在夢中回味著自己的蒐藏，他覺得其中有些有趣極了，他甚至聽見夢中的自己這麼說：「呵，這部一定可以嚇到夢兒姊。」

他在夢中細細地品味著，然後他見到MSN畫面佔據了大半螢幕，他一些熟悉的網友來來去去，大夥兒上線的畫面此起彼落，叮咚，菁菁也上線了。

「嗨——」他向菁菁打了招呼，菁菁也回了一個招呼訊息。他們瑣碎聊著，他對那些聊天內容感到有些茫然，他甚至不知道自己究竟打了哪些字、哪些詞，他只感到有種異樣的不安，蚊蠅似地沾黏著他的臉和身子，揮之不去。

在重重疊疊跳躍穿梭的畫面裡，他又點入了夢兒的部落格，這已經成了他近來的習慣動作，一上線便進入夢兒的部落格看看有無新文章，有則挑戰，無則點進舊文章留些輕佻嬉鬧的廢話。

部落格中有一篇新文章，夢裡的威廷挪移著滑鼠，但游標不聽話地顫動跳躍，彷彿幻化出生命，不再是滑鼠游標，更像是個蝌蚪之類的小傢伙。

MSN彈出了聯絡人上線訊息，是夢兒，那個神祕的女人。

「藍洋小弟弟，讓你久等囉，嘻。」

威廷直愣愣地看著螢幕當中的這則訊息，他先是面無表情，然後露出幾許疑惑神色，跟著他看看自己的左手、再看看右手，他動了動左腳，他發現他坐在電腦桌前，他回頭，看看床，他發現自己竟然並不是在床上——

這不是夢，或者說，他在夢遊，而現在他醒來了。

「怎麼回事？」威廷感覺自己在冒汗，他抹了抹額頭，專注緊盯著螢幕，他檢視著畫面中每一個視窗，他得弄清楚剛剛自己到底做了什麼事。

MSN中菁菁是離線狀態，但她的對話窗是開著的，威廷趕緊調出了對話記錄，仔細看著——

「嗨，這麼晚才起床呀？」這是菁菁傳來的第一則訊息，但未得到威廷的回應。

此時的威廷轉頭看了看牆上的掛鐘，已近正午，他在半夢半醒間，竟睡了十幾個小時，甚至還夢遊了，他感到有些不可思議，他繼續看著對話記錄。

「謝謝你燒的DVD啦，好好看喔，我昨天看好晚喔。」菁菁第二則訊息，同樣沒得到威廷的回應。

「你昨天幾點睡啊？」菁菁第三則訊息，仍無回應。菁菁於是傳來第四則訊息：「嗯，你忙你的吧。」

「嘖！我怎麼不回答啊？」威廷看著自己的對話記錄，顯得有些懊惱，他想要和菁菁解釋些什麼，但此時菁菁已經下線，他繼續往下看，他見到對話記錄中，自己終於發出了回應。

「我想見妳。」

「怎麼了？」菁菁問。

「我想要見妳。」對話記錄中的威廷，重複著同樣的訊息。

「嗯嗯，今天嗎？」菁菁回應。

「現在。可以嗎？」威廷問。

「好吧，約在哪啊？跟昨天一樣的地方嗎？」

「不……帶妳去個好玩的地方。」

「哪裡啊？」

「妳來了就知道了，妳抄一下地址喔。」夢遊中的威廷傳過去一段地址。

而此時觀看對話記錄的威廷，對夢遊中的自己傳出的那段地址，毫無印象，他從沒去過那個地方，他呆愣愣地望著菁菁最後一則訊息——

「好，我換個衣服就過去，你要比我早到喔，因爲那裡我不熟。」

「……」威廷吸了口氣，離座起身在椅子邊繞了幾步，抓著頭，一時還搞不清楚究竟這是怎麼一回事，他重新看了那些訊息，最後一則訊息的發布時間就在數分鐘前，這表示菁菁仍在家中，或是梳妝打扮、或是挑換衣服，他趕緊找出手機，撥打電話，但手機那端響起的鈴聲不僅遙遠，且還合併著奇異的雜聲，威廷足足讓電話響了好幾分鐘，卻無人接聽。

「糟。」威廷無計可施，他只有菁菁的手機電話，卻沒有菁菁家中市話號碼，這表示他得親自跑一趟對話記錄中的地址，向菁菁解釋自己剛剛夢遊的因由了。

「眞是怪！」威廷搖著頭，匆忙換著衣服，他順手拿筆抄寫螢幕上的地址。

「藍洋弟弟，新的挑戰來了，你該不會不敢看吧？」夢兒傳來訊息。

「我現在沒空，等晚上吧。」威廷快速地回應，跟著就要關閉MSN視窗，但夢兒的訊息來得更快，如此寫著：「如果你晚上才看，那麼你一定會後悔喲，嘻嘻……」

威廷呿了一聲，伸手就要關閉視窗，但他突然瞥見下層視窗中那夢兒部落格裡頭最新更新上去的那篇文章，威廷將畫面切換至夢兒部落格中時，正欲關閉視窗的動作登然僵凝停止，那更新的文章篇名，正是方才夢遊中的威廷傳給菁菁的那段莫名其妙的地址。

威廷覺得有一股前所未有的恐懼在爬搔他的腳底板，令他不自在地挪移著身子，他點入文章，裡頭是熟悉的影片播放程式，他開啓影片——是志華。

志華仍然以他那修長的手指捏玩著一支美工刀，神情蒼白而茫然，偶爾會看看自己的手和身子，那就像有個陌生的傢伙霸佔了他原本的身軀，對自己全身上下感到新鮮好奇的表情。

志華微微昂起頭來，對著鏡頭詭譎一笑，威廷很清楚地感到，志華不是對鏡頭笑，是對著他笑，威廷覺得腳底那股古怪恐懼開始蔓延，攀上他的小腿、大腿，使他感到雙腿發軟，便連抬腳走路都有些困難。

影片中的志華站起，歪歪扭扭地走著，畫面鏡頭移位轉向彷彿高級電腦動畫般行雲流水，始終緊跟在志華身後，志華捏著那柄美工刀，開門、下樓。

當威廷見到志華下樓後站定不動的地方，他開始覺得雙腿那股纏人的恐懼，像是無數隻蝗蟲般撲上他的全身，他見到影片中公寓大門的門牌，和他在夢遊過程中傳給菁菁的地址十分接近，他和菁菁約定的地點是在大街邊，而志華的住處便在大街附近一條靜巷中。

威廷見到影片中的志華將美工刀收入外套口袋中，轉往大街上去，而威廷猶然記得方才恍惚之中，他和菁菁約定見面的地點，就是那條大街。

「喂！這是妳幹的好事對吧，妳到底是誰，妳是那傢伙的朋友嗎？要替他報仇對吧，有種衝著我來，妳為什麼……為什麼……妳到底動了什麼手腳？」威廷又驚又怒地敲著鍵盤，質問著MSN那端的夢兒，他認為夢兒或許和志華熟識，要替被惡整的志華討回公道，至此他都能夠理解，但無論如何，夢兒又是如何能夠使自己在半夢半醒間，和菁菁約定了一個連自己都不知道的地址？

「嘻，藍洋弟弟，你搞錯了，我不是他的朋友，我有許多朋友，不過都不住在這裡喲，是在你腳底下，很深、很深、很深的地方。」夢兒這麼回應，最後她補上一句：「你如果害怕了，就認輸吧，幫我工作，我缺人手喲。」

「妳是做什麼的？」威廷猶豫地問，他看著時鐘，倘若菁菁此時還在家梳妝打扮的話，也差不多應該打扮完畢，準備要出門了。

「別緊張，是很輕鬆的工作啦，我等待一些快要死去的人，在他們死後，將他們帶到下面去。」夢兒這麼回應，且在語末加了個甜美的表情符號。

「這個女人……這個女人……」威廷呢喃自語，他的腦袋瞬然閃現過兩個字——死神。

「你和你同學做我的助手，幫我打聽哪兒有人快死囉，既然你們對這些東西很有興趣，這樣很好喔。」夢兒繼續傳來訊息。

「妳想得美！」威廷鍵下這四個字後，旋即關上MSN、關上電腦，他的腦袋還嗡嗡作響，死神？那是啥玩意兒？這個女人是來自地獄、替撒旦工作的惡魔？她想要自己和痞蛋替她工作，那豈不是，得先要了他倆的命？

威廷又看了看時鐘，他無法多想，他得在菁菁抵達約定的地點前，早一步趕去，將菁菁帶往他處，否則很有可能會遇上志華，他還記得志華那副詭異的笑容，他認為此時的志華應當是著了魔，或許已經變成了死神的殺人工具什麼的。他腦袋倏地閃過許多他以往所蒐集的那些慘不忍睹的虐殺片段，以前他覺得那些東西刺激有趣，但此時在他腦海裡閃現的每一個畫面，卻都如同一把銳刃逼迫著他，他感到呼吸變得急促、頭皮發麻、全身都起了雞皮疙瘩，若是志華的美工刀，劃在了菁菁的臉上……

「快接！快接！」威廷一面奔跑在華夏社區的寬闊中庭，一面不停按著撥話鍵，但怎麼也撥不通，他只能聽見一陣又一陣詭異的雜訊聲。

「可惡！」威廷大喊著，緊捏著手中那片寫著志華住處地址的字條，他奔上大街，不停地向迎面而來的計程車招手，計程車上卻都有乘客，一直到了第四輛計程車才是空車，威廷急忙忙地拉開車門，向司機說了地址，前進。

二十來分鐘的車程，對威廷而言，卻像是一個世紀那麼長，終於，他抵達了目的地，下車。

威廷在人行道上來回踱步、左右張望，他仍然試圖撥打手機，結果相同，只能聽到那一陣一陣的雜訊聲，就在他皺起眉頭打起哈欠時，他瞥見對街一方走來的那個女孩正是菁菁。

威廷頓時打起精神，往斑馬線走去，趕著過馬路和菁菁會合，行人指示燈剛剛由綠轉紅，指示燈上的秒數顯示威廷還得等近一分鐘，他見到菁菁同樣朝這兒的斑馬線步來。

「唔！」威廷猛而一驚，他見到對街的菁菁突然停下腳步，有個人叫住了她——志華。

「不……」威廷瞪大眼睛，他想大喊，但馬路車流聲蓋過了威廷的喊叫聲，威廷雙手用力地揮動著，喊得更大聲了，號誌燈秒數卻還有三十來秒，他顧不了這麼多了，他見到志華走到了菁菁身旁，似乎和她說著話，威廷當然聽不見志華對菁菁說了什麼，他更介意志華放在外套口袋當中的那隻手，在夢兒部落格的影片當中，志華藏在口袋裡的東西，是一柄銳利的美工刀。

威廷閃過了兩台車子，快速地奔到了街的對面，一輛差點撞上威廷的計程車搖下了車窗，對威廷破口大罵，但威廷充耳未聞，他向菁菁和志華奔去，同時拚命大喊：「離她遠一點——」

菁菁和志華的交談登然停止，他們一齊望向威廷，威廷急急奔衝而去，他和志華的目光交會，先前捉弄志華的心虛和之後見到影片畫面中的詭譎感一同湧上了威廷的腦袋，讓他分了心，沒有留意到人行道上那只滾動的空酒瓶。他嘴巴大張正要接續著喊些「菁菁快逃，小心他口袋裡有刀」之類的話卻無法喊出口，他的腳踩上了空酒瓶，他的身子向前飛撲，然後重重地跌在地上。

「哇！威廷——」菁菁連忙趕來，手忙腳亂地要將威廷扶起，但威廷這一撲摔可摔得不輕，他胸口和雙手疼得讓他說不出話，他好不容易站穩了身子，志華已經來到了他的身邊，微笑著，看著他。

「唔！」威廷立時回神，露出防備的神色望著志華。

「我來介紹，他叫志華，他是我教會的兄弟，剛剛正巧碰到。」菁菁扶著威廷，向威廷介紹著志華，跟著又轉頭向志華介紹起威廷。「他是我在網路上認識的朋友，人很好，他叫威廷。」

「呃？」威廷露出不可置信的神情，菁菁的話似乎比志華拿出美工刀更令他訝異，他一時還無法反應過來，便見到志華朝他伸出了手，對他說：「你好，很高興認識你。」

「唔唔……」威廷見到志華那修長的手，遲疑著，緩緩地也伸出手，他的手在摔倒時擦出了血，此時還沾著砂粒。

「你幹嘛跑那麼急！」菁菁從包包裡翻出了紙巾，拉過威廷的手，替他擦拭血痕和髒污，威廷便也順勢朝志華稍稍點頭致意，爲自己不用和他握手鬆了口氣。

「中午了，不如一起吃個飯吧。」志華這麼說，伸手指向街旁的餐廳。

菁菁則是有些遲疑，她望向威廷，問：「要不要？」

「嗯……可以啊。」威廷無奈地點了點頭，他本來打算好了攔著了菁菁便趕緊找個藉口帶她離開這裡，但他怎麼也沒想到志華和菁菁卻是教會教友，情況生變，這麼一來志華若要對菁菁不利，機會可比他原先想像中多得多了，他索性同意志華的提議，一起吃頓飯，至少讓他將這傢伙摸個透澈，也好過自己窮緊張。

□

這是家平價義大利麵餐廳，三人點了餐，有一搭沒一搭地聊著。

「菁菁有和我提到你喔。」志華笑著說，這讓威廷身子猛而一震，望向菁菁。

菁菁呵呵一笑，說：「偶爾會聊一下MSN，我跟他說認識了一個不錯的朋友，挺談得來的。」

威廷面色有異地點了點頭，他覺得眼前的志華看來十分正常，和夢兒影片中那古怪模樣判若兩人，但這反而讓他感到有些心虛，他斜眼望了望窗，這家餐廳的窗微微反光，他呑嚥著口水凝視窗中倒映的自己，儘管志華從未見過他眞實的面貌，但不知怎地，他仍然十分擔心志華會認出他來。

「你怎麼了呢？看起來不太開心。」菁菁問：「你還沒有告訴我，怎麼突然……要約我出來啊？」

「哈哈。」志華倒是先插了嘴：「可能是多了我這個電燈泡，別擔心，我吃東西很快，待會馬上閃人，讓你們好好相處喔。」

「嗯，也不是啦……」威廷擺了擺手，他一會兒摸著鼻子，一會兒抓抓眉毛，盡量讓自己的臉別正面對著志華。

餐點很快地送上，三人一面用餐一面瑣碎地閒聊，志華比威廷和菁菁大了不少歲，這些都是威廷先前以假身分和志華聊天時，便聽他提過了，表示當時志華對他相當地坦率，是眞的將他當成了很好很好的知心朋友，這讓他不禁有些訝異，也有幾分愧疚。

「我去洗手間一下。」菁菁一面以餐巾抹著嘴，一面起身離座，往廁所走去。

志華看了看菁菁離去的身影，又見到威廷警戒地望著自己，便笑了笑說：「啊，你別誤會喔，我跟她在教會其實也不算太熟，網路上也只是偶爾聊，你放心，我不會跟你搶啦。」志華這麼說，跟著又自以為幽默地補上一句：「要搶，也是跟她搶。哈，開個玩笑，別介意！」

「……」威廷早知道志華的性向，但他此時也只能無言以對。

志華又問：「你有沒有興趣來教會？」

「沒耶……」威廷隨口回答，但他頓了頓，突然問：「教會喔……裡面有人會驅魔嗎？」

「驅魔……」志華先是愣了愣，跟著哈哈一笑說：「你電影看太多了啦，驅魔啊，我們教會沒有那麼厲害的人。幹嘛？你身邊有人被魔鬼纏上了嗎？」

「也不是……」威廷支支吾吾地說：「最近睡不好，早上還作了個惡夢，好像還夢遊，嗯，我以前從來沒夢遊，總之我夢見一個怪人。」

「怪人？」志華問。

「嗯，對。」威廷吞嚥一口口水，抿了抿嘴，說：「那個怪人他跟蹤我，偷拍了我的照片，然後……他拿美工刀，在照片上一刀一刀地割……」

威廷緩緩地說，他的視線瞥見志華將餐盤上最後一口義大利麵舀進了口中，跟著取了餐巾抹嘴，威廷盯著志華那修長手指。

「哈，還真怪。」志華笑了笑，伸了個懶腰，跟著將兩隻手放入外套口袋中，轉頭望著廁所那方向，說：「等菁菁出來，我跟她打個招呼，就閃人，讓你們慢慢約會囉。」

「嗯……」威廷點點頭，看著志華的手放在外套口袋裡微微晃動著，似乎在玩弄著口袋中的物事，他若有所思地問：「那個怪人，會不會有可能被魔鬼……給洗腦了，或是鬼附身之類，嗯，平常看起來可能很正常，但是也有可能會抓狂殺人什麼的？」

「這個問題我沒辦法回答你。」志華笑了笑，恢復正常坐姿，他說：「畢竟我沒碰過這些事，也沒聽說有教友碰到過，不過……如果你眞的害怕的話，那麼我想你需要這個。」

「啊！」威廷身子一震，他見到志華抽出了手，手上抓著東西。

卻不是美工刀。

是一條銀灰色的十字架項鍊。

「這是我們教會訂做的一批小飾品，這個是打樣，嗯，給你好了，戴著它或許會好睡一點。」志華將那十字架推向威廷，他說：「我今天也作了個怪夢，哈哈，跟你講的情境還有那麼一丁點像呢。」

「咦？」威廷有些訝異，問：「什麼夢？」

「不太記得了，我只記得在夢裡我好生氣，非常生氣，因爲我之前遇上了一件令人生氣的事，嗯，不提這件事，我只記得夢裡的我氣壞了，想殺人，但醒來洗把臉，刷個牙，心情就好多了。」志華拉了拉領口，捏出一條鍊子，也是一條相同款式的十字架，他說：「戴著它，或許會讓你安心。」

「嗯。」威廷點點頭，他捏起了桌上那條十字架，感到心頭有些暖呼呼的，心中的不安和驚恐減退了幾分，但愧疚卻更加沉重了。他覺得他或許該向志華承認他就是那個惡作劇的小混蛋。

07 戰帖

「然後呢？結果呢？你有跟他認錯嗎？」痞蛋聽威廷述說到此，停頓許久，便等不及地問。

「沒耶。」威廷攤了攤手說：「我不敢講，啊，別提了啦，事情都過去了，以後……我也不會再做同樣的事了。」

「是喔！」痞蛋略顯訝異地問：「你以後不玩死人圖囉？」

威廷白了痞蛋一眼，反問：「如果你對這些東西還有興趣的話，那你繼續玩啊。」

「不了不了！」痞蛋連連搖手，說：「我嚇死了，你知道嗎？我前兩天還去收驚，我嚇壞了，你要聽我前兩天發生的事嗎？」

「等等說來聽聽。」威廷不置可否，他將吃完了的食物包裝裝進塑膠袋裡，提向廚房的垃圾桶，整間屋子燈光大明，這能夠讓他和痞蛋安心些，威廷離開廚房經過客廳一角時，對門外的情形倒有些好奇，他頓了頓，緩步而去，接近大門，和痞蛋先前一樣地湊近門上的監視洞孔。

那大嬸，仍直愣愣地站在外頭，她似乎能夠感應得到屋內的動靜，威廷的額頭還沒貼上門板，網咖大嬸立時露出了猙獰樣貌，揚起斧頭轟地砸在威廷家鐵門上。

「呼！」威廷讓這巨響嚇得後退數步，他伸手緊握著配戴在胸前的銀灰色十字架，方才和網咖大嬸在電梯當中纏鬥逃脫時，倘若沒有這十字架，他便要讓大嬸一把抓回電梯裡了。

「什麼事？什麼事？」痞蛋聽見外頭的劈門巨響，三步併作兩步地奔出房間，急急問著。

「沒什麼！」威廷呼了口氣，將痞蛋又拉回了房中，只說：「那歐巴桑只是個看門的，不讓我們有機會逃出去。」

「什麼！」痞蛋聽威廷這麼說，慌亂地在房中繞著圈子，連連踱步，他想了想，問：「那……你們家有沒有後門啊，或是逃生鎖什麼之類的？」

「逃你個大頭鬼，誰說要逃了，我們要拚，跟那個女人拚了！」威廷氣呼呼地說。

「拚？我……我們拿什麼跟她拚啊？她……她是惡魔耶，她的老闆是撒旦耶，她應該會法術吧，我被嚇死了啦，你都不知道我前兩天碰到了什麼！我們逃走啦，一定要逃啦！」痞蛋慌亂地在房中繞圈。

「那好，你逃得出去就逃吧。」威廷坐回電腦前，斜了痞蛋一眼，同時伸出手向痞蛋做了個「請便」的手勢。

「可是……」痞蛋搔著頭，威廷家有十幾層樓高，大門堵著一個拿著斧頭的瘋癲大嬸，痞蛋就算想破了頭，也想不出來如何才能逃得出去。

「就算讓你逃出去，你想事情會結束嗎？不會，那女人會繼續糾纏你，晚上的時候就讓你作惡夢、看殺人，白天就派一群歐巴桑拿斧頭斬你，直到你受不了自殺為止，這樣有比較好嗎？」威廷冷冷地說，同時他仍一手滑鼠一手鍵盤，快速地操縱著電腦，在剪接軟體、檔案總管、ＭＳＮ、瀏覽器、音樂播放程式之間不停跳躍。

叮咚，菁菁上線——

「呵！」威廷精神更好，挺直了背，抿著嘴笑。

「哼……」痞蛋見了威廷那副見色忘友的笑容，就知道他又要冷落自己了，他莫可奈何地挑了個房間角落坐下，默默地看著客廳外頭，他無法否認威廷的話，他比任何人都清楚自己這兩天來有多麼難熬，此時和威廷在一塊兒，反倒有種安全感，他聳聳肩，向威廷借了電話打回家報個平安，說今晚住同學家。

「你不是說以後不玩這個了？」痞蛋見到威廷仍然從檔案資料夾裡挑選著那些恐怖影片打開來瀏覽，便這麼問他。

「今天是最後一次啊，你忘了我說要跟夢兒開戰嗎？她嚇我們，我們就嚇回去。」威廷這麼說，一面操作著影片剪輯軟體，裡頭有一片殘虐殺人電影正快轉著，威廷一面看著電影，一面和菁菁互相傳遞訊息，威廷敲著鍵盤，嘴角帶笑，他和菁菁的ＭＳＮ訊息視窗似乎散發出一種刺眼的光芒，讓因好奇而上前觀看的痞蛋不禁用手遮著眼睛，嘖嘖叫地後退，痞蛋退到了牆角蹲下，隨手抽出威廷書櫃裡的漫畫，孤單地閱讀著，喃喃自語地說：「我也好想交個女朋友啊！」

時間一點一滴地過去。

痞蛋已經反覆打起瞌睡，當他第二十三次因爲疲倦而搖晃著要往地板睡倒時，突然感到一種莫名的壓迫感從門外逼來，這讓他坐直了些，眼睛睜大，他對這種感覺有些熟悉，這兩天每當那些強迫他觀看虐待少女畫面的奇異現象發生前一刻，他就會感到類似如此的壓迫感。

「威廷、威廷，有點不對勁……」痞蛋起身，活動了筋骨，他見到威廷就好像沒事一般地仍然和菁菁互傳訊息。

「怎麼了？」威廷回頭望著痞蛋，又望望牆邊的鐘，啊了一聲，說：「十二點了。」

威廷抿了抿嘴，在訊息欄中向菁菁說著：「我剛剛說的時間到了。」

叮咚——夢兒上線。

「喔！」菁菁回覆。

「妳眞的相信我說的話嗎？」威廷這麼問。

「我不知道，或許你因爲其他事壓力太大，所以……但我還是可以照著你說的去做，如果那樣可以幫助到你的話。」

「謝謝妳。」威廷這麼回應，同時，他也向夢兒鍵下這樣的訊息：「我準備好了，妳的部落格更新了嗎？」

「嘻，準備好囉，正等著你呢。」夢兒回應十分快速，像是早已準備萬全。

嘶嘶、倏倏、嘶嘶、倏倏——不知是客廳還是哪兒，隱約發出了奇異的爬抓聲，像是一種自動鳴響的恐怖配樂。

「痞蛋，來了。」威廷這麼說，同時他進入了夢兒的部落格，見到了最後一篇文章，痞蛋也湊了過去看。威廷按下了播放鍵，影片畫面閃動，又回到了那個遠在異鄉的、恐怖的、殘虐的、血腥的、悲傷的地下室。

女孩臉色蒼白，神情像是岩石一般，她斜著眼睛，看著逐漸迫近的鏡頭——那個變態殺人魔。女孩的嘴角抽動了幾下，但並沒有哭也沒有求饒，她撇開了目光，不言不語，像是對眼前發生的一切，不抱任何希望。

「唔！」痞蛋摀著嘴巴，彎下了腰，他很努力地使自己不要嘔吐，隨著影片中鏡頭流動，他見到女孩那不像左腳的左腳，和不像右腳的右腳，她身上許多地方，都已經不像原來的那個地方了，那些被認爲是神賜給她的身體，被眼前這個穿著人皮的惡魔，弄得已經不成形了，女孩此時的微弱生命，也像是風中殘燭般，隨時都會嚥下最後一口氣。那變態殺人魔似乎也意識到了這一點，他一手持著利斧，一手拖著另一只麻袋，在地上拖出了唰唰的聲音，白人女孩身子一顫，用一種極度哀傷的眼神望著那只麻袋，這是個熟悉的情景，在數天之前，她便是那樣子被拖進了煉獄，此時便猶如恐怖輪迴一般。

「這個變態狂又抓了一個新的人！混蛋，快報警啊！王八蛋！」痞蛋哇哇叫了起來，他義憤塡膺地揮著拳頭，他多麼希望能從地球的這端，一拳擊中那個穿著絲質襯衫的男人。

威廷則是歪著頭，像是等待著什麼似的，他向ＭＳＮ中的夢兒傳訊：「夢兒姊，妳沒忘記我們昨天的約定吧？」

「沒忘啊。」夢兒回應。

「如果我和痞蛋先受不了妳的影片，向妳求饒，就得替妳工作，當妳的手下了；但假如妳被我的影片嚇到，而比我們更早看不下去，就是妳輸了，妳得答應我和痞蛋一件事。」

「可以啊。」夢兒回應。

「嗯，妳一定要說話算話喔，妳老闆鼎鼎大名，妳不可以出爾反爾，妳得以妳老闆的名譽作爲保證，絕不反悔妳的承諾。」威廷再次確認。

「夠，藍洋……不，現在就直接叫你威廷弟弟吧。威廷弟弟，你很龜毛喔，就像你說的，我老闆無人不知、無人不曉，我不會丟他的臉啦。」夢兒這麼回應，然後，她補充了一則訊息——

「我以主人撒旦之名，應允對你做出的承諾。」

隨著ＭＳＮ的傳訊音效發出的同時，四周彷彿轟出了大火焚燒聲、厲鬼淒嚎聲、惡獸咆哮聲和山崩地裂風鳴海嘯的巨響，猶如替夢兒這則訊息加諸上極其嚴肅的保證。

「啊啊……」痞蛋驚恐不已，威廷也讓這氣勢給震懾而不知該做何反應。

影片中，那變態殺人魔獰笑著，放下了麻布袋子，來到了那白人女孩身旁，托起了她的下巴。女孩微睜著眼，空洞地望著那殺人魔，嘴角微微抽動，像是向他說話。

「她在講什麼？」痞蛋縮到威廷電腦椅旁，這兩日他除了對這慘案感到驚恐之外，也心疼起那女孩，見她開口說話，便問威廷。

「不知道，聽不太清楚……」威廷愣愣看著，女孩虛弱地、反覆地說著同樣幾個單字，威廷跟著呢喃：「you……you……嗯，聽不太清楚……he……hell……Hell！我知道了，我猜她應該是對那個變態說——你一定會下地獄。」

「對……下地獄！」痞蛋握著拳說：「變態狂會下地獄。」

影片中的女孩無法再說話了，男人用鉗子伸進她的口腔，挾出了她的舌頭，跟著他頓了頓，歪著頭似乎在想著用什麼樣的方式來進行這次的「遊戲」。

然而，不知是幸或是不幸，在男人幾乎決定了今晚遊戲方式時，女孩那苦撐數日的虛弱生命火焰，終於燃燒到了盡頭，她的腦袋歪垂，眼神迷茫，她一定不明白眼前這個與她素不相識的男人，爲何要如此對待她。

「南無……一路好走……」痞蛋雙手合十，喃喃禱唸了幾句。

男人似乎有些氣惱，他花了點時間，將女孩頸上的鐵鍊鐐銬解開，將她的屍體拖至一邊，他氣呼呼地來回踱步，他取過了一柄斧頭，開始支解屍體。

「王八！死人都不放過！」痞蛋大罵。

「他應該是爲了要棄屍。」威廷答。

男人支解屍體的動作不慢，但要將一個人完全支解，也總需要一段時間，影片出現了變化，自畫面中央出現了一條分隔線，將那男人支解屍體的畫面，擠到了左半邊，而右半邊的畫面，則閃爍著，出現了一條長廊，威廷再熟悉也不過，痞蛋看了也覺得眼熟，那是威廷家門外的廊道。

鏡頭向前推，威廷和痞蛋見到了那網咖大嬸，網咖大嬸正直直挺立站在門外，鏡頭又向前推進，正面照著威廷家鐵門，跟著離那門越來越近，直到畫面變得一片漆黑。

「等……等等！」威廷這麼喊的同時，也在與夢兒對話的訊息欄裡，快速打著字：「夢兒姊，照妳昨天答應的，把視訊打開。還有，這是我們這邊的檔案，妳收到就打開。我們在看妳的影片，妳也要看我做的超級恐怖影集。」

威廷這麼說的同時，他也旋即打開了電腦上的視訊設備，他伸手調整了鏡頭，跟著夢兒那端的視訊設備開啓步驟也已完成，威廷和痞蛋見到了螢幕那端的一個新視窗，出現了夢兒的臉。

夢兒便和數天來更新的照片一般，不算太美，但樣貌素靜，有種與世隔絕的寧靜感，她上身僅穿著一件胸罩，便如挑戰進度一般。

「嗨，威廷弟弟。」夢兒透過視訊設備，開口說了話。

「嗨，夢兒姊。」「嗨……夢……夢兒姊。」威廷和痞蛋也分別向夢兒打了招呼。

痞蛋打了招呼之後，緊張兮兮地來到威廷房門口，向外頭望，他忍不住驚呼一聲，外頭的燈光逐漸黯淡，大門發出了喀吱喀吱的推擠聲，像是有什麼東西，正費力地從外頭向裡頭鑽。

「威廷，有東西要進來！」痞蛋尖叫。

「傻蛋，過來看片，你想認輸啊！」威廷喊。

「可是……」痞蛋哇哇叫著，他見到變得一片漆黑的客廳，大門處發出了紅色的光芒，有個人形的東西踏了進來，且甚至不只一個，而是一個接著一個。

「威廷弟弟，你先前的提議我採納囉，殭屍、吸血鬼什麼的……嘻。」夢兒的聲音倒是出奇地柔美好聽，她這麼說時，還俯在桌面，用嘴角輕咬著托著下巴翹起的小指，姿態撩人。

「痞蛋，給我滾過來！」威廷起身離座，往站門邊呆著的痞蛋腦袋上敲了一記，跟著將門重重關上，將痞蛋強拉回到座位，威廷此時的心情同樣緊張激盪，他在關門的瞬間自然也看見了門外情景，他家的客廳聚集了許許多多「嚇人的東西」，那些東西，正一步一步地朝他的房間擁來，他倆才回到座位，便聽見了門板上傳來的扒抓聲。

「檔案傳完了，妳快打開！都我們在看！」威廷催促著夢兒。

「好，好——」夢兒嘻嘻笑著，打開了威廷傳去的檔案，是個Flash執行檔。威廷和以往捉弄人時一般，在對方開啓檔案時，他也同時點開檔案，這樣能夠知道對方觀看進度，娛樂效果更佳。

「啊！這……這不是《奪魂鋸》嗎？威廷，她怎麼可能會怕這個！」痞蛋哇哇尖叫起來，房間的門板發出的扒抓聲更大了，痞蛋和威廷見到門板漸漸變成了黑色，房中的燈光開始閃爍，忽明忽暗，且夾帶出血一般的紅。

「哇，哇……」痞蛋全身顫抖，他緊緊靠著坐在電腦椅上的威廷。

威廷甩著痞蛋壓在他肩膀上的手，斥罵：「靠，你抓得我很痛耶！」他一面這麼說，一面敲著鍵盤，向菁菁傳訊：「菁菁、菁菁！」

「菁菁！菁菁！菁菁！」

「菁菁！菁菁！菁菁！」

威廷不斷傳訊的同時，夢兒部落格中影片畫面裡那變態狂猶自費力地支解屍體，弄得滿身是血，而視訊畫面中的夢兒則聚精會神地看著威廷傳去的Flash檔案裡頭播放的電影《奪魂鋸》，她咦了一聲，兩邊電腦同時發出誇張的A片音效，夢兒忍不住哈哈笑了起來。

「哇！怎麼是這招啊……」痞蛋絕望地喊：「這招沒效啦！威廷，你怎麼變得比我還笨！」

夢兒也說：「威廷弟弟你好有趣。」

「菁菁！菁菁！菁菁！菁菁！菁菁！菁菁！菁菁！菁菁！菁菁！」威廷不理會夢兒的笑聲，也不理會痞蛋的抗議，也不理會房裡的燈光幾乎全滅，更不理會門板上那隻伸進來的黑色怪手，他不停地透過ＭＳＮ向菁菁那端發出訊息。

「我在我在！」菁菁終於回覆，她傳訊：「我在看你燒給我的日劇ＤＶＤ，看到完結篇了，好好看喔。」

「嗯嗯，對啊，但我現在需要妳！」威廷敲擊鍵盤的聲音十分響亮。

「現在嗎？」菁菁問。

「對！妳得動作快一點，否則我就完蛋了！」威廷見到門板上不僅穿進了一隻手，還穿進了半個身體，那是個通體漆黑，雙目鮮紅的可怕傢伙，那傢伙張開了嘴，露出了尖長的銳齒。

「好，你等等，我先上個廁所，然後開視訊。」菁菁回覆。

「啊！」威廷愣了愣，他嘖嘖地敲著鍵盤打字：「菁菁、菁菁、菁菁，拜託尿快點！」他按下傳訊鍵，又覺得自己用字稍嫌粗魯了些，他趕緊補了些道歉的字語過去。

「威廷！」痞蛋見到在這關頭威廷仍顧著和他的心上人訴情，只急得哇哇大叫，那黑色的大傢伙已經穿入了門板，正在門旁活動著筋骨，且同時門板上又穿入數隻手臂和兩顆頭，在外頭等著進來的傢伙，不知道有多少。

「喝——」螢幕那端的夢兒，臉色驚變。

「你！」夢兒倏然站起，向後一退，她尖叫：「你好大的膽子！」

「我當然好大的膽子！」威廷舉起拳頭對著視訊鏡頭示威，他喊：「如果妳膽子沒我大，就不要看，去實現妳以妳老闆之名對我和痞蛋做出的承諾！」

痞蛋尚不明白發生了什麼事，因為威廷是在夢兒點開Flash檔案之後，隔了十數秒才點開，速度上略慢了些，在他們叫陣的那時，這頭的Flash影片仍播放著A片——畫面突然煞白，場景轉移到了教堂——

一個牧師帶領著一群教友合唱著詩歌。

畫面再切，出現一個十字架，發出耀眼的光芒，跟著再切回教堂合唱畫面，詩歌吟唱聲宏亮、壯麗高亢。

「你以為我會怕這個？」夢兒露出了猙獰的表情，她的動作不再高雅，她像是一頭激狂的惡豹，雙手按上桌面，向視訊設備狂吼，開始叫罵著惡毒的字句，但她只叫罵了數句，便又讓畫面突然切換的亮白十字架光景逼退了幾步。

在此同時，那擠進房中，且向威廷電腦推進的厲鬼們，似乎也感受到了影片的威力，牠們憤怒地吼叫，艱難地向前，有如承受著烈火燒灼一般。

「菁菁、菁菁、菁菁、菁菁！」威廷又連環敲起鍵盤。

「我來了，我來了！……哼，你講話好難聽，我不理你了。」菁菁似乎上完廁所，回到了座位，也似乎見到了威廷要她尿快點的字句。

「對不起……請妳快點……我這邊撐得好辛苦！」威廷即便再強裝鎮靜，也不禁出了滿額汗，他幾乎要將鍵盤敲壞了，在此同時，他也點入一個他早已準備好了的網站。

再跟著，螢幕又出現一個畫面，那是菁菁開啓的視訊畫面，畫面裡的菁菁穿著素白的睡衣，她雙手上捧著的，是一本黑皮聖經，她輕輕地翻開，對著鏡頭說：「咦，你怎麼沒開視訊？」

「我的視訊鏡頭不小心撞壞了，可是……可是我還是想看著妳，妳快開始吧。」威廷打字奇快無比，跟著，他將畫面再切換至剛剛新點開的頁面，那是網路聖經頁面。

此時他的螢幕已經擠滿了各式各樣的視窗，他一手將痞蛋拉近螢幕，一手操縱著滑鼠，將各個視窗畫面稍微排列整齊，他的螢幕很大，他的電腦等級也高，他將己方這頭的Flash檔案關閉，他需要新的聲音，他將喇叭音量調高，夢兒怒罵的字眼像是落雷一樣地轟轟作響，房間中的厲鬼嘶嗥慘烈，痞蛋的驚恐叫聲也不小。

「準備好了嗎？要開始囉。」

「準備好了。」

「起初，神創造天地。」菁菁的聲音聽來格外地清澈，猶如一把銳刃劈開黑牆。

「起初，神創造天地。」威廷抓出了志華給他的十字架，緊握在掌心中，他跟著唸，同時打字：「我有跟著妳唸，妳的聲音好好聽，繼續。」同時他對著痞蛋吼：「笨蛋，快跟著唸！」

「嗚哇哇！天地創造神！起初！」痞蛋六神無主，他見到一個黑色大傢伙已經來到了他的面前，艱難地伸手要抓他臉。

「靠，不要亂唸！」威廷在痞蛋手臂上敲了一拳，要他照著螢幕上的聖經網頁唸。

「地是空虛混沌，淵面黑暗，神的靈運行在水面上。」菁菁的聲音如同天籟。

「地是空虛混沌，淵面黑暗，神的靈運行在水面上。」威廷跟著禱唸。

「嗚啊空虛混沌黑暗，神在水面上！」痞蛋鬼吼。

夢兒淒厲尖吼，她頑強地用雙臂撐著桌沿，不停辱罵，聚入房中的惡鬼將威廷和痞蛋團團包圍，但威廷的電腦周圍彷彿出現了一圈看不見的圓，使得惡鬼無法逼近半步。

「神說：『要有光』，就有了光。」

「神說：『要有光』，就有了光。」

「神說有光就有光！」

在三人的禱唸下，房間裡本來漆黑的燈，漸漸地又閃爍起來，跟著大亮，惡鬼們發出了尖厲的嘶吼，牠們開始後退。

菁菁撥著頭髮，唸：「神看光是好的，就把光暗分開了——」

夢兒的視訊畫面漆黑一片，房中的惡鬼倏然消失，除了菁菁響亮的禱唸聲外，那烈火聲、鬼哭聲、山崩地裂聲全消失無蹤，痞蛋像是癱軟在地，威廷則喘著氣，愣愣看著螢幕，他先對著菁菁的MSN訊息欄裡鍵入「妳穿白色的睡衣好好看喔，妳的聲音也好好聽」。跟著他注意到夢兒的MSN狀態仍然是上線狀態，他便傳了訊息過去：「嗨，夢兒姊，妳還在嗎？」

「我在。」夢兒回傳訊息。

「妳在生氣嗎？」威廷問。

「對。」

「那……妳的承諾還有效嗎？」

「有效。」

「好，我的要求很簡單，就是妳不能使用任何手段對我和我的朋友親人進行報復。」威廷傳訊。

「好，這個承諾已經實現。」夢兒回覆，她接著傳訊：「你那個白痴小弟的要求又是什麼？」

「喂！白痴小弟……」威廷推了推痞蛋，問：「有沒有想要夢兒姊幫你做的事？別太刁難喔……」

痞蛋還傻愣愣地癱坐在地，直到威廷推了他好幾下，他這才回神。他弄清楚了狀況，突然大喊一聲，指著螢幕上那仍進行著的畫面，那渾身浴血的變態狂好不容易將一堆斷肢殘骸裝入了黑袋中後，歇息了半晌，將那麻布袋拖到了原本禁錮女孩的位置上，他解開了麻布袋，裡頭是一個年紀更小的少女，她沉沉睡著，像是被迷藥迷昏了般，若沒有意外的話，這個小女孩在藥效過去、睜開眼後，便會進入地獄。

「阻止他、阻止他，快報警！」痞蛋尖叫著，指著畫面螢幕。

威廷靜默半晌，他向夢兒傳訊——

「我的白痴小弟，叫妳殺了那個男人，再將他拉下地獄，用他對她們做過的一切來處罰他，期限是永遠。」

「這也不難，你的白痴小弟的要求，立刻會實現。」夢兒回應，跟著她又傳訊：「我把你們的戰利品，傳上部落格囉，去看看吧。本來我還想送你一個吻，你挺可愛的，但你給我看了那麼討厭的東西，所以沒得親囉，嘻，死後再見囉。」

「嗯嗯……」威廷傳訊：「我們有空會去看照片的，夢兒姊，bye。」

夢兒離線。

□

夢兒部落格上的影片繼續播放著，男人用他那雙染血的手，托起沉睡中的小女孩稚嫩的臉蛋，不停地親吻，男人的神情動作漸漸化爲一隻無恥的惡獸，他的呼吸急促，他抹著滲出額頭的汗水、拉開窒悶的領口，他解開了幾顆鈕釦，拉了拉褲頭，他鬆開皮帶。

但他的動作卻沒有繼續，他似乎聽見了什麼。

他轉頭，看著不遠處，那裝著受了數天極端苦痛、此時變成了一塊一塊的白人女孩的那只黑色大袋。

大袋安安靜靜地躺在地上，一旁是大片大片的鮮紅血漬。

男人靜默了半晌，又緩緩開始動作，但只三秒，他又猛而回頭，盯著大袋，大袋仍然靜悄悄的。男人先是遲疑、跟著有些緊張，他像是聽見了什麼似的，那聲音卻非從黑袋傳出，而像是迴盪在空氣裡，迴盪在四周——

「damn……you……to……hell……」

男人驚訝，側耳傾聽，他睜大了眼睛，腦袋四處探看，想要找出那聲音的來源。

「damn……you……to……hell……」

他望了許久，一無所獲，最後他轉回頭，小女孩歪斜著頭，睜著一雙閃耀的眼睛望著他，小女孩的口微微張開，發出了前一個女孩在死前說過的話。

「You damn go to hell!」

男人一聲尖叫，躍離那小女孩幾步遠，他驚愕地望著那小女孩，不知發生了什麼事，他抹著手上的血，屈著膝緩緩挪動身子，他來到了那個黑袋子旁，拾起那把斧頭，猶豫半晌，試探地向那小女孩問了幾句話，跟著向前踏出一步。

但他沒能踏好第二步，那黑色袋子竄出一條無掌也無指的胳臂，絆倒了那男人，那男人摔得極重，他驚駭莫名，這或許是他出生至今最害怕的那一刻，他還搞不清楚究竟出了什麼事，他不會明白爲什麼變成了一塊塊肉塊的那個女孩，還能夠對他進行反擊。

總之，他很害怕，他害怕到了極點。

黑色大袋裂了開來，一塊塊紅色、肉色的肉塊散了開來，像是有生命一樣地滾動著、組合著，組合成那女孩原本的模樣，自然此時所謂的原本的模樣，和那女孩生前的樣貌當然天差地遠，所謂原本的模樣，只是從散落的屍塊，變爲一具看來呈現人形的東西。

四分五裂的女孩臉上還餘有一隻獨眼，那眼眨呀眨地閃動，淌下了血紅色的眼淚，破碎的口唇發出低微卻清晰的話語——

「damn you to hell……」

跟著四分五裂的女孩，趴上了男人因爲過度驚駭而無法動彈的身子。

男人難以自抑地尖叫、哭叫、狂叫著卻無法掙脫那四分五裂的女孩，他不明白什麼女孩變成了一塊塊之後，力氣反而比原先大上十倍二十倍，她的斷骨刺進了他的肉中，她殘餘的齒嵌入他的骨裡，四周暴起了慘烈的哭嚎聲，其中有一部分是男人發出的聲音，餘下的，是三年來在這兒逝去的十一條青春生命，她們全來了。

在她們逝去之前，她們是極其美麗的，而此時，她們卻極其恐怖——男人的身體倏地飛升，轟隆砸撞在梁柱上，男人驚恐咳血地摔落在地，瞬間又向一張桌子飛去，轟隆——桌上擺放著的一些「刑具」，因爲撞擊而飛彈，其中有些穿刺掛在了他的身上。

男人像是皮球一樣地四處亂撞亂彈，他的手平空扭成了很奇怪的形狀，他的腳掌轉了三圈，類似的狀況像是爆玉米花似的霹靂啪啦地在他身上出現，很快地他一動也不能動地跌落在地，他的嘴巴微微抽動著，他還沒有死去。

在男人身旁現出一個塗寫著奇異圖紋的紅圈，一個女子自紅圈中緩緩升起，是夢兒，夢兒此時身穿黑色緊身服，她的腰間配戴著奇異的銀白鐮刀，她看了男人一眼，卻是步向那小女孩，她托起小女孩的臉，望著，在她臉上輕輕一吻，回頭，對著空無一物的地下室某處說：「威廷弟弟，白痴弟弟，你們看，好美的小女生，我等不及要在底下和她見面了，不過似乎不是現在，嘻。」

□

透過螢幕，看著遙遠的那個地下室所發生的一切的威廷和痞蛋，早已駭然得說不出話來，兩人愣了半晌，這才意識到夢兒在對他們說話，他們也不知該不該回答，只能咕咕噥噥地發出一些沒有意義的聲音。

跟著，他們見到那個身體扭曲得淒厲恐怖的男人，胸口轟然掀開，肋骨一根根豎起，紅色在他敞開來的胸膛上方爆炸，一片血花之後，男人的身體漸漸地下沉，像是沉入了水中，夢兒又在小女孩的額頭上輕輕一吻，小女孩沉沉睡著，夢兒起身，伸手向四周招了招，威廷和痞蛋聽見了淒楚的鬼哭聲，而後漸漸寧靜。

夢兒的腳下再度現出紅色光圈，她的身子逐漸下墜，她輕輕地向威廷和痞蛋眨了眨眼，影片結束──

□

「喂，有沒有聽到啊？我不理你了喔……」菁菁皺起眉頭，她清了清嗓子，對著電腦的視訊麥克風說話：「我喉嚨好乾，我要喝杯水啦！你有沒有聽見啊！我眞的不理你了喔……我生氣了，我不想理你了，我不跟你講話了，喂喂……」菁菁一面說，一面更加靠近視訊鏡頭。

「我要關電腦了，我要睡覺了，你是豬頭！」

「嗨，嗨嗨嗨！」威廷的視訊畫面蹦了出來。

「你……你剛剛在幹嘛啊？」

「我……我在修理視訊啦，剛剛撞壞了，現在修好了，謝謝妳啦，菁菁。」

「我生氣了，我自己一個人唸聖經唸了好久，像是笨蛋一樣。」

「不是啦，妳的聲音很好聽，我都聽到忘我了……」

「才不信，你是睡著了吧。」

「才不是……」

「……」

「……」

《恐怖競賽　詭語怪談5》完

後記

這兩篇故事距今都約莫十年左右。

十年足夠讓一個剛出世的小嬰兒，長到小學四年級左右；足夠讓剛上國中的小屁孩，讀到大學畢業；足夠讓一個散漫任性的青年肥宅作家，變成一個散漫任性的中年肥宅作家。

而這個十年，倘若從兩千年中期算起，便是當今智慧型手機的發展史——這也是這兩年我重看舊故事時遭遇到的一個小問題，許多故事當年寫作時，智慧型手機並不風行，甚至尚未問世，那時我故事裡的角色，並未如現在人手一機，當時的網路通訊方式，也未如現在手機、平板等行動裝置這麼便利。

而故事裡的「MSN」、「即時通」，對於現在較年輕的小朋友或許有點陌生，甚至全然沒聽過，MSN、即時通都是過去某些年裡，網路族群慣用的電腦通訊軟體。

我認真考慮過要不要將故事裡的MSN改成LINE以符合現在讀者的習慣，但想想還是算了，一來電腦通訊軟體跟手機通訊APP的使用形式、時機、地點還是有些不同，更重要的是，作者在不同時間寫下的故事，必然存在著當下周遭的點點滴滴對作者和故事的影響，強改或許會擾亂了整個故事氛圍，且再過幾年，自然又有更新一代的行動裝置、通訊技術問世，進而普及，例如變形手機啦、全息投影啦、偷心眼鏡啦……到那時候，現在的改動更顯得毫無意義了。

不囉嗦了，差不多要準備開工寫《乩身》新作了，混天綾、風火輪！GO——

2019.06.14 於新北中和南勢角自宅

星子

國家圖書館出版品預行編目資料

恐怖競賽／星子 著.——二版.——
臺北市：蓋亞文化，2025.06
面；　公分.——（星子故事書房；TS043）
ISBN　978-626-384-201-4（平裝）

863.57　　114006752

星子故事書房TS043

恐怖競賽

詭語怪談系列

作　　者　星子
封面設計　莊謹銘
總 編 輯　沈育如
發 行 人　陳常智
出 版 社　蓋亞文化有限公司
地址：台北市103大同區承德路二段75巷35號1樓
電話：02-2558-5438　　傳真：02-2558-5439
電子信箱：gaea@gaeabooks.com.tw
投稿信箱：editor@gaeabooks.com.tw
郵撥帳號　19769541　戶名：蓋亞文化有限公司
法律顧問　宇達經貿法律事務所
總 經 銷　聯合發行股份有限公司
地址：新北市新店區寶橋路二三五巷六弄六號二樓
電話：02-2917-8022　　傳真：02-2915-6275
港澳地區　一代匯集
地址：九龍旺角塘尾道64號龍駒企業大廈10樓B&D室
電話：+852-2783-8102　　傳真：+852-2396-0050
二版一刷　2025年6月
定　　價　新台幣 280 元
Published and printed in Taiwan

ISBN 978-626-384-201-4

GAEA

GAEA